LE MERVEILLEUX PAYS DES SNERGS

Correction : Claire Debout

1, rond-point du Général-Eisenhower,
31101 Toulouse Cedex 9, France
editionsmilan.com

Titre original : *The Marvellous Land of Snergs*

Dépôt légal : octobre 2021 • ISBN : 978-2-4080- 2485-7
Achevé d'imprimer au 4e trimestre 2021 en Espagne par Unigraf
Plus d'informations sur la fabrication de nos livres :
editionsmilan.com/comment-fabriquons-nous-nos-livres

FSC www.fsc.org MIXTE Papier issu de sources responsables FSC® C120704

Tu vides tes étagères et connais déjà ce livre par cœur ? Donne-le !

LE MERVEILLEUX PAYS DES SNERGS

de Veronica Cossanteli

d'après une histoire originale
de E.A. Wyke-Smith

tilt!
milan

Traduit de l'anglais (Royaume-Uni)
par Leslie Damant-Jeandel

Un message de l'éditeur

J'ai toujours adoré *Bilbo le Hobbit* de J.R.R. Tolkien. Aussi, quand j'ai appris qu'il s'était inspiré d'un roman de fantasy paru antérieurement, *The Marvellous Land of Snergs* de E.A. Wyke-Smith, je n'ai eu qu'une hâte, me le procurer ! Bien qu'ayant beaucoup apprécié ce conte, je l'ai trouvé un peu désuet par certains aspects. La merveilleuse Veronica Cossanteli l'a donc modernisé pour les jeunes lecteurs d'aujourd'hui. Le résultat est un concentré de sagesse, d'humour, de charme et de péripéties. On y trouvera des ours qui sentent la cannelle, des forêts magiques, un équipage marin improbable et bien sûr les Snergs, ces petites créatures humanoïdes dotées d'un grand courage (mais aussi d'une grande bêtise !). Je pense que cette histoire vous plaira, comme elle a plu à Tolkien et à ses enfants autrefois.

Pour Xander, que je remercie de m'avoir fait beaucoup rire en chemin et pour toutes nos balades.

À tous ceux qui ont lu et aimé le livre d'origine, ces quelques mots d'excuse : je me suis efforcée d'en respecter l'esprit, mais les histoires sont vivantes et celle-ci s'est révélée plus turbulente que les autres. Échappée de sa reliure, elle a adopté le même comportement que Tiger le chiot en empruntant sans crier gare des directions inattendues. Je n'avais pas d'autre choix que de les suivre. Pardonnez-moi.

V. Cossanteli

Où les règles sont enfreintes
et miss Watkyns est contrariée ;
la répétition de la fanfare
du capitaine Vanderdecken
est interrompue ; une étrangère arrive
à Sunny Bay, et deux enfants plus un chiot
franchissent un portail
et se retrouvent en terre inconnue.

CHAPITRE 1

– Les enfants ont besoin de règles, déclara miss Watkyns. Et les règles sont faites pour être respectées.

Miss Watkyns était une femme toute en angles et lignes droites, à la mise soignée, depuis ses épingles à cheveux jusqu'à l'ourlet de sa longue jupe noire. Elle croyait aux bonnes manières, au fair-play, aux sorties au grand air pour les enfants en pleine croissance… et aux règles.

Raide comme un piquet, elle était assise à un grand bureau sur lequel elle ne laissait jamais aucun désordre s'installer. Même le poisson rouge dans son bocal tournait en cercles réguliers, dans le sens des aiguilles d'une montre. Derrière miss Watkyns, un soleil iodé entrait par la fenêtre ouverte. On entendait les cris de joie des enfants en récréation et le piaillement des mouettes. Devant miss Watkyns se tenaient les trois fautifs : une fille, un garçon et une personne de petite taille qui, n'étant pas un enfant, aurait dû se montrer plus avisée.

À moitié cachée par un nuage de cheveux blonds, Flora ne disait rien. Elle avait un côté distant ; l'air de quelqu'un qui ne partage ni ses pensées ni ses émotions. Près d'elle, le garçon maigre aux genoux éraflés s'agitait en balançant les jambes. La vigilance se reflétait dans ses yeux sombres et brillants. En grandissant, Pip avait appris à se méfier. Constamment en alerte, il se tenait prêt à déguerpir au moindre problème.

Le banc sur lequel Pip et Flora étaient assis portait un nom, au refuge de Sunny Bay pour enfants superflus et involontairement orphelins. On l'appelait le banc des Réprimandes. Son bois était poli par le frottement de nombreuses fesses coupables. Flora et Pip connaissaient bien ce banc. Cela dit, pour le moment, ce n'étaient pas eux que l'on sermonnait.

– Les enfants ne meurent pas de faim à Sunny Bay, monsieur Gorbo, dit miss Watkyns à l'intention du petit individu rondouillard, campé devant elle.

Bien qu'adulte, il dépassait à peine le bureau.

– Nous veillons à leur fournir des repas équilibrés, poursuivit miss Watkyns, avec double ration de crème anglaise le dimanche et des pruneaux en quantité.

Un ventre bien régulé est la garantie d'un esprit bien régulé. Aussi, pourriez-vous m'expliquer pourquoi j'ai trouvé ces deux-là (elle jeta un coup d'œil à Pip et Flora) dans un endroit où ils n'auraient pas dû être, à une heure indue, couverts de miettes et de confiture ?

Gorbo poussa un profond soupir.

– Un peu de tarte à la confiture, ça ne fait pas de mal, non ? Un petit festin de minuit… « Une part de tarte dans l'estomac et une bonne nuit tu passeras », c'est ce que ma mère disait toujours.

– Des règles ont été enfreintes. Ça, ça fait toujours du mal.

Inflexible, miss Watkyns enchaîna :

– Les enfants ont été surpris dans la lingerie, où ils n'ont pas le droit d'aller, en train de manger entre les repas, ce qui n'est pas autorisé. Accepter de la nourriture de la part d'un inconnu est interdit…

– Gorbo n'est pas un inconnu, objecta Pip. C'est notre ami.

– Quant aux divagations après l'extinction des feux, reprit miss Watkyns sans prêter attention à cette interruption, voilà qui est *strictement interdit.* Je ne peux tolérer que des enfants se promènent dans le noir. Il aurait pu leur arriver toutes sortes de choses désagréables, de la simple écharde à une mort prématurée.

Honteux, Gorbo baissa la tête.

– Peut-être que M. Gorbo n'a pas lu le règlement, suggéra miss Scadging, la gouvernante de Sunny Bay.

C'était une femme aux rondeurs confortables et aux yeux pétillants. Autrefois elle-même pensionnaire à Sunny Bay, elle n'en était jamais partie. Ses souvenirs remontaient à la sombre époque où l'orphelinat n'était pas encore dirigé par miss Watkyns.

– Savez-vous lire, monsieur Gorbo ? s'enquit miss Scadging.

– Pas exactement, répondit Gorbo en fronçant le nez face à la longue liste de règles affichée au mur. Ça dépend de l'écriture, du genre de mots, si les lettres se tiennent comme il faut. Certaines d'entre elles se tortillent trop. Ça marche mieux si je fais ça.

Il se baissa et regarda les règles à l'envers, la tête entre les jambes.

– Ainsi, toute l'intelligence se concentre dans les méninges…

Pip gloussa.

– Pas de ricanements, je te prie, ordonna miss Watkyns en jetant au garçon un regard sévère destiné à le faire taire. La méchanceté est contre le règlement de Sunny Bay.

– Ce n'était pas de la méchanceté.

Nullement intimidé, Pip lui rendit son regard avant de demander :

– Quelle importance, que Gorbo sache lire ou pas ?

En vérité, Pip non plus ne savait pas lire. Né dans un cirque, il était le plus jeune membre de la Fabuleuse Famille Frangipani, qui pratiquait la voltige. Tout ce qu'on exigeait de lui, c'était qu'il sache se balancer d'un trapèze à l'autre. Personne n'avait pris la peine de lui enseigner le reste. Après que le destin l'eut conduit à Sunny Bay, on lui attribua un pupitre dans une salle de classe avec les autres enfants. Hélas, les savoirs scolaires semblaient glisser sur lui comme l'eau sur les plumes d'un canard.

Miss Watkyns se concentra de nouveau sur Gorbo.

– Notre cuisinier est très contrarié, l'informa-t-elle. Ces tartes à la confiture devaient être servies au goûter d'anniversaire de miss Scadging.

– Je l'ignorais, dit Gorbo en se redressant, l'air extrêmement coupable. Je vous souhaite un joyeux nombre à trois chiffres, miss Shopping.

– Deux chiffres suffiront, merci ! rétorqua miss Scadging. J'ai quarante-trois ans.

– À peine sortie de l'enfance ! s'exclama Gorbo. Moi qui ai eu deux cent trente-douze ans la dernière fois que quelqu'un a compté, serai-je un jour un adulte au comportement raisonnable ?

Il se frappa le front du plat de la main puis se laissa tomber à genoux.

– Quel vaurien grossier et criminel je fais !

– Épargnez-nous ce spectacle, s'il vous plaît, exigea miss Watkyns d'un ton glacial. Et relevez-vous, monsieur Gorbo. Une petite discussion s'impose. Cela fait maintenant plusieurs semaines que vous êtes arrivé à Sunny Bay, à la recherche d'un emploi. Vous disiez vouloir effectuer de « petits travaux »… Vous prétendiez « pouvoir tout faire »… Depuis, j'ai passé en revue vos réalisations.

– Ah oui ? demanda Gorbo, gêné.

Après avoir chaussé ses lunettes, miss Watkyns consulta une liste sur son bureau.

– Il y avait une fuite dans le toit du grenier…

– Je l'ai réparée, lui assura Gorbo. J'ai bouché le trou. Plus une goutte de pluie ne passait au travers… jusqu'à ce que le soleil revienne et fasse fondre le caramel mou.

– Vous m'aviez certifié pouvoir réparer ma pendule, reprit la directrice.

Tout le monde observa la pendule en acajou posée sur le manteau de la cheminée. Elle émettait un tic-tac joyeux, sauf que les trois aiguilles tournaient à l'envers.

– Le temps *avance*, monsieur Gorbo, déclara miss Watkyns. C'est ainsi que va le monde.

Elle contempla sa liste et ajouta :

– Je ne compte pas m'étendre sur les étagères que vous avez installées dans le dortoir des garçons. Il est toutefois regrettable que le petit Humphrey se soit trouvé dessous lorsqu'elles se sont effondrées. Il a cessé de pleurer au bout de deux heures. Espérons que les séquelles de cet incident ne seront que passagères.

– Il ne saigne plus, confirma miss Scadging, et la bosse se résorbe.

Gorbo s'avachit.

– J'ai taillé vos haies, madame, tenta-t-il d'une petite voix.

– En effet, approuva miss Watkyns d'un air lugubre. On peut le dire.

Elle se leva, s'approcha de la fenêtre pour regarder au-dehors. Par-delà les murs de l'orphelinat, la falaise descendait à pic vers la baie, où le soleil étincelait sur les flots. Les vagues léchaient le sable clair dont la texture rappelait des miettes de biscuits. Il y avait une vue superbe sur l'île aux Macareux, un peu plus loin à l'horizon. Cependant, le regard de miss Watkyns n'alla pas au-delà de son jardin. Un sorbier poussait de part et d'autre du haut portail de fer. Les jeunes pensionnaires jouaient entre les haies basses de lavande et de romarin, que l'on avait taillées pour leur donner une forme bien particulière.

– Vous êtes un artiste accompli, monsieur Gorbo, dit la directrice.

Évidemment, elle n'en pensait pas un mot, mais le visage de Gorbo s'illumina. D'un bond, il vint se placer à côté d'elle.

– Là, c'est ma tante Flumper coiffée de son plus joli chapeau, expliqua-t-il en désignant un buisson qui, après le massacre, ressemblait à un gros champignon vénéneux. Celui-là, c'est une théière. Quant à celui-ci, ajouta-t-il en s'inclinant légèrement vers miss Watkyns, il était censé vous représenter. Mais le résultat n'est, hélas, pas celui que j'attendais. Là, vous ressemblez plutôt à une sorcière…

– Une méchante sorcière ? s'enquit Pip depuis le banc.

– Méchante comme une teigne, renchérit Gorbo. Ça se voit à son nez pointu. Comme celle qui est dans…

– Dans les histoires, l'interrompit miss Watkyns. On trouve les sorcières dans les histoires. Et uniquement dans les histoires. Je pense qu'on le sait tous.

Gorbo la regarda d'un air dubitatif tout en tripotant le gland porte-bonheur qu'il portait autour du cou, au bout d'une ficelle.

– Pendant que vous y êtes, objecta-t-il, dites qu'il n'y a pas de gobelins, ni de beleuils, ni d'écurettes, ni de vers de narine, ni…

– C'est quoi, un beleuil ? demanda Pip.

Même Flora remua derrière ses cheveux.

– Tout ça n'existe pas, répondit sèchement miss Watkyns. Monsieur Gorbo, je vous saurais gré de ne pas remplir la tête des enfants de sottises qui ne feront que leur donner des cauchemars.

– Je n'ai pas peur des vieilles sorcières, moi, affirma Pip avec dédain.

À côté de lui, le soleil éclaira Flora. À la voir ainsi, assise immobile et en silence, ses yeux bleus ne laissant rien paraître, on aurait pu croire que, de toute sa vie, cette enfant n'avait jamais commis ni pensé le moindre mal.

Si je rencontrais une sorcière, pensait alors la fillette, *je lui demanderais de m'apprendre à transformer les gens en grenouilles, comme dans les contes de fées. Pour certaines personnes, ce serait bien fait…*

Flora ne parlait plus depuis trois ans. Ses pensées, prisonnières de sa tête, voletaient tels des papillons.

Miss Watkyns était à bout de patience.

– Je peux vous pardonner pour le toit, la pendule, les étagères et la tête du pauvre Humphrey, dit-elle à

Gorbo. Et avec le temps, mes plantes repousseront. Mais vous avez encouragé ces enfants à enfreindre les règles, et ça, je ne peux le tolérer. Je suis désolée, monsieur Gorbo, mais il est temps de faire vos adieux. Vous n'êtes plus le bienvenu à Sunny Bay.

Il y eut un silence désagréable, seulement troublé par les cris des mouettes et des enfants qui jouaient dehors. Gorbo courba l'échine. Pip fronça les sourcils. Flora se mordit la lèvre.

C'est pas juste.

– C'est pas juste, protesta Pip à la place de Flora. Si Gorbo a pris les tartes, c'est parce qu'on le lui a demandé. Il nous a juste rendu service.

– Pip, je me réjouis de te voir prêt à endosser la responsabilité de vos écarts de conduite, déclara miss Watkyns. Toutefois, ça ne change rien. M. Gorbo a pris une mauvaise décision ; il doit désormais en assumer les conséquences. Je suis sûre qu'il le comprend.

– Je devrais, à mon âge, soupira Gorbo. Vous parlez exactement comme ma tante Flumper.

Miss Watkyns ouvrit un tiroir. Elle en sortit un petit sac de toile qu'elle poussa vers lui, sur le bureau.

– Vos gages, monsieur Gorbo.

Gorbo afficha un air surpris. Il renversa le contenu de la bourse sur le bureau. Des pièces de monnaie roulèrent. Gorbo en tint une en l'air et laissa le soleil s'y refléter.

– Elles brillent de mille feux, fit-il remarquer poliment. Et qui est ce monsieur barbu ?

Miss Scadging parut outrée.

– Voyons, c'est Sa Majesté le roi ! s'exclama-t-elle.

– Je n'en prendrai qu'une, trancha Gorbo. Je la collerai sur mon mur.

Il ôta sa petite casquette en forme de galette et s'inclina d'abord devant miss Scadging. Puis sa tête toucha presque le sol lorsqu'il salua miss Watkyns.

Après s'être tourné vers les enfants, il plongea la main dans sa poche dont il extirpa des bouts de ficelle.

– Au revoir, jeunes demi-Nouilles, dit-il en leur en donnant un bout à chacun. Faites-y un nœud, en souvenir de moi. C'est comme ça qu'on se dit au revoir, là d'où je viens. Que votre pâte à tarte soit toujours dorée, que votre ficelle ne s'effiloche jamais. Écoutez bien miss Watkyns, car elle sait ce qu'il y a à savoir, et vous deviendrez des adultes avisés et raisonnables… contrairement à ce pauvre vieux Gorbo, le pire de tous les Snergs !

CHAPITRE 2

– Un Snerg ? Mais qu'est-ce donc ? s'étonna miss Scadging, les sourcils froncés, tandis que le bruit des pas de Gorbo s'éteignait. Ce petit bonhomme a dit des choses bien étranges à propos d'écreveuils et de belettes.

– De beleuils, rectifia Pip. Et d'écurettes.

– C'était vraiment bizarre, insista miss Scadging. Malgré tout, j'ai de la peine pour M. Gorbo. J'imagine qu'il a un endroit où aller… Parviendra-t-il à retrouver son chemin ?

– Gorbo sait s'orienter dans les bois, la rassura miss Watkyns.

Elle observa son poisson rouge d'un air soucieux avant d'ajouter :

– J'espère qu'il n'oubliera pas de refermer le portail derrière lui…

– Le portail ? répéta miss Scadging, perplexe. Quel portail ?

Le portail de Sunny Bay restait ouvert en permanence. Miss Watkyns pensait que ses sorbiers dissuadaient tout visiteur indésirable d'entrer.

Les lèvres pincées, elle regarda Pip et Flora, de l'autre côté du bureau.

– J'espère que vous regrettez tous les deux les problèmes engendrés par votre comportement, dit-elle sans répondre à la question de miss Scadging. En guise de punition, vous irez porter un sac de légumes au capitaine Vanderdecken.

Le Hollandais volant, le navire du capitaine, était amarré dans la baie voisine. Cela représentait un bon bout de chemin. S'ils n'allaient pas trop vite, calcula Pip, ils pourraient manquer toute une matinée de cours. Pip n'aurait pas à subir ses séances de torture quotidiennes : écriture, arithmétique et géographie.

– Ne vous inquiétez pas pour les cours, enchaîna la directrice, qui avait repéré la lueur dans l'œil de Pip. Car vous n'en manquerez aucun. En votre absence, vos camarades iront pique-niquer sur l'île aux Macareux.

Un silence plein de stupeur s'ensuivit.

Pas le pique-nique ! On ne peut pas nous priver de pique-nique !

– Pas le pique-nique ! protesta Pip en écho à la plainte silencieuse de Flora. Ça fait des jours qu'on l'attend… Vous n'avez jamais dit qu'il aurait lieu aujourd'hui !

Les pique-niques sur l'île aux Macareux étaient le temps fort des étés à Sunny Bay. Il n'y en avait pas souvent ; seulement lorsque miss Watkyns décidait que c'était le moment. On aurait dit qu'elle s'arrangeait toujours pour que ça tombe un jour où le ciel était bleu, la mer étincelante et le sable parfait pour bâtir des châteaux. Des embarcations arrivaient dans la baie pour transporter les enfants jusqu'à l'île. Des phoques curieux pointaient la tête à la surface de l'eau pour les observer avec leurs gros yeux noirs. Parfois, il y avait même des dauphins. On emportait des paniers remplis de sandwichs, de pâtisseries et de limonade. On nageait, on s'éclaboussait, on sautait à l'eau, on jouait à saute-mouton, dans les flaques entre les rochers, et on organisait des concours de châteaux de sable jusqu'à ce qu'enfin le soleil baisse à l'horizon et qu'il soit l'heure de rentrer dîner (fatigués, couverts de sel, pleins de sable) puis de se mettre au lit.

En tant que derniers arrivés à l'orphelinat, Pip et Flora n'étaient encore jamais allés sur l'île aux Macareux, mais d'après les récits de leurs camarades, ils savaient tout ce qu'ils allaient rater.

Pip était désespéré.

– On se lèvera plus tôt demain pour apporter les légumes au capitaine avant le petit déjeuner ! proposa-t-il.

– C'est aujourd'hui qu'il les lui faut, trancha miss Watkyns d'un ton brusque. Le vieux loup de mer Lieunoir a égaré son dentier et ne peut plus mâcher. Les hommes auront donc de la soupe de légumes.

L'équipage du *Hollandais volant* était composé de marins édentés à la retraite qui n'avaient nulle part où aller. Le plus jeune d'entre eux avait soixante-dix ans ; certains approchaient des quatre-vingt-dix. Le capitaine Vanderdecken les avait recueillis. Il les maintenait en forme grâce à une hygiène de vie stricte à base d'activités physiques, de combats au mousquet et de répétitions de fanfare. « Le meilleur équipage avec lequel j'ai jamais navigué », avait-il coutume de déclarer. En vérité, ni le capitaine ni *Le Hollandais volant* n'avaient pris la mer depuis de nombreuses années.

Pip sentit monter en lui une déception telle qu'il se mit en colère.

– Si vous faites le pique-nique aujourd'hui, c'est juste pour être méchante et nous empêcher d'y aller ! Tout ça à cause de vos règles stupides ! Vous les avez toutes inventées pour vous arranger.

– Mon devoir est de protéger les enfants qui me sont confiés et de veiller sur eux, répondit calmement miss Watkyns. Sans règles, il pourrait arriver quelque chose. N'importe quoi.

– Justement, moi, j'aimerais bien qu'il arrive quelque chose ! tempêta Pip. N'importe quoi !

Il désigna le poisson rouge dans son bocal.

– Je parie que ce poisson est d'accord avec moi, poursuivit-il. Il est condamné à tourner en rond dans son bocal, sans aucune autre occupation, jusqu'à ce qu'il meure d'ennui pour de bon ! Et vous voudriez qu'on prenne exemple sur lui… Sauf que moi, je ne veux pas être coincé ici, protégé de tout !

La directrice observa le visage rougi de Pip puis Flora, qui avait de nouveau disparu derrière ses cheveux. Le doute l'assaillit. Était-elle trop sévère avec ces orphelins ?

Ressaisis-toi, se sermonna-t-elle. *La règle, c'est la règle.*

Oh, miss Watkyns ! Si seulement vous aviez suivi votre instinct ! Si seulement Pip et Flora avaient participé à ce pique-nique, combien de dangers et de désastres auraient pu être évités ? Mais à quoi bon se le demander ? Ainsi va la vie, pour le meilleur ou pour le pire. Parfois, tout est bien qui finit bien.

Même si ce n'est pas toujours le cas.

CHAPITRE 3

– Ne vous éloignez pas du chemin, ordonna miss Watkyns. Soyez polis avec le capitaine. Et surtout, ne traînez pas.

Ce fut un duo maussade qui franchit le portail de l'orphelinat, chargé du sac de légumes. Une fois de plus, la vie avait laissé tomber Pip et Flora. Ils en étaient chagrinés mais pas surpris. Les cadeaux, les moments de joie, c'était pour les autres. La vie était régentée par les adultes… et les deux enfants savaient depuis longtemps qu'il ne fallait pas attendre grand-chose d'eux.

Il fut un temps où Pip avait une mère ; une femme en collants à paillettes qui faisait son numéro sur le dos d'un poney blanc. Une nuit, au clair de lune, Éléonore l'équilibriste équine avait quitté le cirque sur une monture lancée au galop avec Sabino le Superbe

Avaleur de sabres, laissant derrière elle son bébé, une poignée de sequins et une vague odeur de cheval. Une fois Pip seul avec son père (un homme sec au caractère impétueux, enclin à assener des coups de ceinture), les choses allèrent de mal en pis. Hélas, le plus jeune membre de la Fabuleuse Famille Frangipani n'était pas si fabuleux en voltige. Si son père avait été moins cruel, moins prompt à crier et à le fouetter, Pip aurait peut-être mieux réussi. Terrorisé, il avait fait de son mieux, à s'en rendre malade d'angoisse. Mais quand on s'attend au pire, en général, c'est le pire qui survient.

Ce fut la tigresse qui finit par tout changer. Partout où le cirque s'arrêtait, la foule venait voir Boris le Brave et sa Bête barbare. La « bête » en question était vieille et pelée. Parfois, quand Pip cherchait une cachette parce qu'il avait des ennuis, il se réfugiait entre les roues de la cage du félin. Celui-ci l'effrayait moins que les crises de rage paternelles.

Ce jour-là, personne ne sut comment la tigresse s'y était prise pour s'échapper. Perché dans les hauteurs du chapiteau, Pip fut le premier à la repérer. La Fabuleuse Famille Frangipani était en pleine répétition. Plus son père aboyait sur Pip, plus le garçon faisait tout de travers. Pendu au trapèze, il se balançait d'avant en arrière, de plus en plus malade, lorsqu'il remarqua une forme rayée qui se faufilait entre les pans de toile.

– Qu'est-ce qui te prend ? s'époumona son père. Qu'est-ce que tu attends ?

Empilés les uns sur les autres, ses oncles et cousins formaient une pyramide humaine. Ils attendaient que Pip atterrisse à son sommet. Son père se trouvait à la base de la pyramide, les muscles saillants, le visage rouge et luisant de sueur.

– Saute, espèce de sale petit…

Aux vociférations du père, la tigresse répondit par un rugissement grave, à glacer le sang. Les cris redoublèrent quand la pyramide humaine s'effondra dans un amas de bras et de jambes entremêlés. Un à un, tous se relevèrent… à l'exception du père de Pip.

Ce fut ainsi que Pip, superflu et involontairement orphelin, arriva à Sunny Bay. Exactement le même jour que Flora.

Flora ignorait tout des pères, qu'ils soient cruels ou non : elle avait perdu le sien depuis longtemps. Elle avait grandi dans sa chambre d'enfant, avec une magnifique maison de poupée, un cheval à bascule à la robe tachetée et une gouvernante française aux gages exorbitants. Sa mère voyait Flora une fois par jour

– par devoir, selon elle : dix minutes avant l'heure du coucher lui suffisaient amplement.

– La maternité, c'est épuisant, avait-elle coutume de se plaindre auprès de ses amies. Bien sûr, je fais de mon mieux, mais cette petite créature est si bizarre, et c'est une telle pipelette ! Elle ne fait que parler…

Trois ans auparavant, par un matin de printemps, la gouvernante avait emmené Flora en promenade au parc. C'était l'anniversaire de la fillette. Après la sortie, exceptionnellement, Flora avait eu la permission de déjeuner avec sa mère.

– Vous devriez venir au parc, maman, pour voir les canards.

Flora avait encore plus de choses à dire que d'habitude.

– Ils sont très jolis et ils cancanent, vous savez. *Coin-coin*. Comme ça.

– Ne faites pas de bruits idiots à table, Flora, la rabroua sa mère.

Elle s'était rendue à une fête la veille au soir pour rencontrer de potentiels nouveaux maris. Elle était rentrée très tard avec un mal de crâne.

– Il y avait un écureuil aussi, continua Flora. Il a grimpé à un arbre à toute vitesse. Vous, maman, vous aimeriez savoir grimper aux arbres à toute vitesse ?

– Ne parlez pas la bouche pleine, Flora, lui reprocha sa mère.

– Il y avait un pigeon avec une seule patte, poursuivit la fillette. À votre avis, elle était où, l'autre ?

– N'engloutissez pas vos petits pois comme ça, Flora, la sermonna sa mère. Ce ne sont pas des manières pour une dame.

– Et aussi, ajouta Flora, il y avait un homme qui jouait du violon. Les gens déposaient de la monnaie dans son chapeau. J'ai voulu y mettre une pièce, mais ma gouvernante a refusé. Je pourrais y retourner demain pour voir s'il est toujours là, maman ?

– Flora, soupira sa mère, ne vous tairez-vous donc jamais ? Vous me rendez folle.

– Oh, maman ! Il était si maigre et semblait avoir si faim ! Je pense qu'il a besoin d'acheter à manger. Je pense que…

– Flora, je n'ai que faire de ce que vous pensez. Je n'ai que faire des canards, des écureuils, des pigeons et des violonistes. QUE JE NE VOUS ENTENDE PLUS !

Les parents devraient faire attention à ce qu'ils disent.

Observant le visage de sa mère, qui avait les traits tordus par la migraine et la contrariété, Flora obéit. On ne l'entendit plus. Elle ne prononça plus un mot

– ni ce jour-là, ni le lendemain, ni le surlendemain, ni tous les jours qui suivirent. Même lorsqu'on vint lui annoncer que le *Titanic* avait coulé après avoir heurté un iceberg, et que sa mère et son nouveau père avaient sombré avec le paquebot au fond de l'océan, Flora n'émit pas le moindre son.

Les autres membres de sa famille hésitèrent à adopter une enfant aussi étrange et silencieuse. Ce fut ainsi que Flora, superflue et involontairement orpheline, arriva à Sunny Bay. Exactement le même jour que Pip.

Se sentant très seuls lorsqu'ils se retrouvèrent ce matin-là face à miss Watkyns vêtue de sa longue jupe noire, les deux enfants devinrent amis pour toujours.

« Ils s'y feront, répétait miss Scadging avec espoir chaque fois qu'ils finissaient par avoir des ennuis. Avec le temps. »

Le temps passa. Les jours devinrent des semaines, et les semaines des mois. Malgré tout, les orphelins les plus fraîchement arrivés à Sunny Bay n'avaient toujours pas intégré l'importance des règles.

Les légumes pesaient lourd dans le sac. Comme Pip et Flora n'avaient pas la place de marcher côte à côte en le portant entre eux, ils le laissèrent traîner derrière eux sur le sol irrégulier.

– De toute façon, ça finira en soupe, raisonna Pip. En fait, ça leur rend service si on les écrase un peu.

Regarde ! Sans mot dire, Flora pointa un doigt vers la mer.

Autour du cap apparut une flottille de petits bateaux. Dans la baie en contrebas, les orphelins de Sunny Bay, garçons et filles répartis en deux longues files, se dirigeaient vers les embarcations. Du haut de la falaise, Pip et Flora contemplèrent, le cœur lourd, les bateaux qu'on amarrait pour que les enfants s'entassent à leur bord. Ils virent au bout de la jetée la grande silhouette anguleuse de miss Watkyns, occupée à superviser la manœuvre. M. Gribblestone, les pans de sa blouse de maître d'école battant l'air derrière lui, et miss Scadging, coiffée d'un chapeau de paille, couraient comme des chiens de berger pour rassembler les retardataires. Les hommes d'équipage, en maillots de corps rayés, hissaient les paniers de pique-nique. Puis les amarres furent larguées et les embarcations orientèrent leur proue vers l'île aux Macareux.

Elles rapetissaient, déjà à bonne distance, quand un *BOUM !* retentissant craqua dans l'air. Des mouettes se dispersèrent à tire-d'aile en piaillant.

– C'est Doris la Dépouille, dit Pip. Ça veut dire qu'il est midi.

Doris la Dépouille était le nom donné au canon du *Hollandais volant*. Tous les jours à 12 heures tapantes, il tirait un boulet vers la mer. Le capitaine Vanderdecken était un maniaque de la ponctualité. « Toujours prévoir l'imprévu, avait-il coutume de dire, lui qui, chaque jour, aimait passer du temps à observer la mer à travers sa longue-vue. On ne sait jamais sur qui on peut tomber ! »

Les enfants poursuivirent leur chemin, traînant le sac de légumes derrière eux. Le silence revenu, les mouettes se posèrent à nouveau. Tout était calme… jusqu'à ce que les deux orphelins atteignent la falaise qui surplombait la baie voisine, où *Le Hollandais volant*, ancré, tanguait doucement.

– 1… 2, 3 ! 1… 2, 3 !

C'était le capitaine Vanderdecken qui s'époumonait. Sa voix pouvait couvrir les plus bruyantes tempêtes en mer.

– 1… 2, 3 ! Soufflez, du coffre, soufflez !

En pleine répétition, les membres de l'équipage jouaient peut-être la même mélodie, mais tous ne jouaient pas en même temps. On aurait dit un troupeau de vaches métalliques qui meuglaient en rythme avec la grosse caisse.

Flora lâcha le sac pour plaquer ses mains sur ses oreilles. Pip sourit.

Après s'être laissé tomber à terre, il rampa tout au bord de la falaise afin d'espionner les musiciens. En bas, sur la plage, la fanfare s'était mise en marche, menée par le capitaine qui battait la mesure avec sa longue-vue en cuivre. Derrière lui, le vieux loup de mer Lieunoir chancelait sous le poids de la grosse caisse.

– Mettez de l'huile de coude ! aboya le capitaine. Je vous entends à peine !

Flora se tortilla pour s'allonger aux côtés de Pip. Ils observèrent la fanfare qui, arrivée au bout de la plage dans ce qui ressemblait à un concert de klaxons, dut s'arrêter pour reprendre son souffle.

– On reprend ! ordonna le capitaine. Demi-tour !

Le cornet partit dans un sens, le trombone dans l'autre. L'euphonium percuta le bugle.

– À tribord ! rugit le capitaine. Virez par tribord !

Sur la falaise, Pip et Flora avaient les yeux rivés sur le pavillon du tuba. L'instrument était orienté vers le haut, pile dans leur direction… Une cible toute désignée.

– Si seulement on avait un ballon…, marmonna Pip.

Flora serrait quelque chose dans sa paume : un oignon.

Vas-y. Chiche !

L'oignon vola et atterrit avec un *clang !* terrible dans la gueule béante du tuba.

Pip étouffa un cri de triomphe.

– Essaie de faire mieux !

Admire !

Un projectile passa en sifflant près de l'oreille de Pip. On entendit un craquement sec quand la pomme de terre de Flora creva la grosse caisse.

– Waouh ! s'exclama Pip, impressionné. Je ne savais pas que tu lançais aussi bien !

Flora l'ignorait, elle aussi. Elle plaqua une main sur sa bouche, les yeux rieurs.

– On va avoir des ennuis, l'avertit Pip. Regarde !

À travers sa longue-vue, le capitaine Vanderdecken scrutait le sommet de la falaise. Les enfants reculèrent en se contorsionnant pour ne pas être repérés. Ils ne surent jamais à qui appartenait la jambe qui renversa le sac. Patates, oignons, choux : les légumes se mirent à rouler.

Les enfants tentèrent de les rattraper, en vain. Tout dégringola, rebondit et chuta du bord de la falaise avant de pleuvoir sur les têtes en contrebas.

Parmi les cris affolés qui suivirent (« L'ennemi nous tire dessus ! », « Pirates en vue ! », « Chargez le canon ! ») s'éleva la voix courroucée du capitaine Vanderdecken.

– Je sais que vous êtes là-haut, petits vauriens ! Attendez un peu que je vous attrape !

Pip et Flora n'attendirent pas. Un simple coup d'œil sur le chaos en bas, et ils déguerpirent, main dans la main.

S'ils avaient écouté miss Watkyns qui leur avait recommandé de ne pas traîner, et s'ils étaient rentrés directement à l'orphelinat, le reste de leur journée se serait déroulé tout à fait autrement. Mais Pip et Flora avaient l'habitude de ne pas suivre les consignes, et comment auraient-ils pu deviner ce qui les attendait au tournant ?

CHAPITRE 4

En sueur, Pip et Flora revinrent jusqu'à l'imposant portail en fer de l'orphelinat, devant lequel ils s'arrêtèrent, essoufflés d'avoir couru tout le long de la falaise pour échapper à la colère du capitaine.

– Si on y retourne, haleta Pip, on nous obligera à nettoyer le poulailler ou à éplucher un million de patates pour le cuisinier. Et après, le capitaine viendra se plaindre de nous, ce qui n'arrangera pas nos affaires…

Effectivement, cette belle journée d'été s'en serait trouvée gâchée.

Regarde ! Là-haut.

Flora levait les yeux vers un vieux poirier dont les branches pendaient au-dessus du mur du jardin de l'orphelinat, offrant aux enfants des trésors d'un vert doré. En moins de temps qu'il n'en faut pour entendre

« Grimper aux arbres est formellement interdit par le règlement ; ça se finit toujours par des bleus, des bosses et des fractures », Pip était déjà monté.

Il lançait des poires à Flora qui les rattrapait dans son tablier quand, dans un bruit de ferraille, une voiture noire apparut au détour du virage.

On ne voyait pas souvent de véhicule motorisé à Sunny Bay. Celui-ci avait de grandes roues, un long capot et un toit haut. Il avançait par à-coups, comme si c'était la première fois que le conducteur prenait le volant.

Les enfants regardèrent l'automobile zigzaguer sur la route puis faire un bond en avant.

– Flora, attention ! s'écria Pip.

La fillette s'était déjà aplatie contre le mur. La voiture dépassa les enfants à vive allure avant de piler brusquement au milieu de la chaussée.

– Recule ! ordonna une voix féminine. Marche arrière !

On entendit un bruit métallique suivi de grincements. La voiture alla dans un sens puis dans l'autre et recula jusqu'à ce que la vitre arrière soit au niveau de Flora.

– Arrête-toi… tout de suite ! aboya la voix.

Lorsque l'automobile s'immobilisa dans un dernier sursaut, Pip descendit prestement de l'arbre d'un bond, éraflant ses coudes et ses genoux au passage, et se posta à côté de Flora.

Courbé au-dessus du volant, le conducteur leur parut anormalement grand. Sa casquette de chauffeur lui tombait sur les yeux. Tout ce que les enfants voyaient, c'était l'arrière de son crâne, couvert de touffes de cheveux éparses comme des taches de moisi sur une patate oubliée, et un cou maigrichon à la peau de dindon. Par la vitre arrière, une main gantée de mauve leur fit signe d'approcher.

– Ce doit être mon jour de chance, se réjouit la voix à présent mielleuse, collante comme de la barbe à papa.

La dame à qui elle appartenait avait le visage dissimulé par le large bord de son élégant chapeau lilas. Une boucle de cheveux couleur de mûre effleurait son épaule. Sa robe était de la même nuance violette qu'une prune à maturité.

– Chers enfants, approchez donc.

– Pour quoi faire ? s'enquit Pip sans bouger.

– Pour avoir une violette au sucre.

La femme leur montra une boîte plate pleine de petits bonbons violets soigneusement alignés. Elle en mit un dans sa bouche.

– Ça fond sur la langue, si vous saviez… Mmm, délicieux !

Flora, qui avait de longues jambes et toujours faim, fit un pas en avant. Avant son arrivée à Sunny Bay, elle n'était jamais allée nulle part sans sa gouvernante. Personne n'avait pensé à l'avertir qu'il ne fallait pas accepter de bonbons de la part des inconnus.

Pip la retint. S'il était né avec une nature confiante, la vie au cirque l'avait amené à rester sur ses gardes.

– C'est bon, on a des poires, rétorqua-t-il.

– Mon pauvre garçon, vous allez avoir horriblement mal au ventre ! s'exclama la dame d'un air apitoyé. Elles sont encore vertes ! Vous ne voulez pas qu'on fasse connaissance ? Dites-moi, sommes-nous bien au refuge de Sunny Bay pour enfants superflus et involontairement orphelins ? Si j'ai fait ce long trajet, c'est pour trouver un enfant triste, qui n'a plus de maman, que je pourrais adopter, aimer et à qui je donnerais plein de bonbons.

– Ils sont tous partis, l'informa Pip. Il n'y a que nous. Il faudra revenir un autre jour.

– Pourtant vous correspondez peut-être exactement à ce que je cherche ! insista la dame. Pauvre petite.

Le bord du chapeau s'inclina vers Flora.

– Je ne supporte pas l'idée que vous soyez enfermés dans cet horrible endroit ! poursuivit la dame. Est-ce qu'on ne vous traite pas affreusement mal, ici ? Je suis sûre que ce lieu sinistre est épouvantable, avec plein de règles ennuyeuses. Imaginez, si vous veniez vivre avec moi, il n'y aurait aucune règle ! Vous feriez ce que vous voulez… toute la journée, tous les jours.

Les enfants hésitèrent. Le parfum de la dame, aussi sucré que sa voix, s'infiltra dans leurs narines et remonta jusqu'à leur cerveau.

Plus de règles idiotes ; plus de remontrances quand on les enfreint…

– Je mène une vie triste et solitaire, soupira la dame. Tout ce que je demande, c'est qu'un cher enfant m'appelle maman. Et regardez ce que j'ai là…

Un petit panier d'osier était posé sur ses genoux. À l'intérieur, on entendait renifler et gémir. Après avoir ouvert les brides, la femme en sortit un chiot : une boule de poils raides, toute blanche à l'exception d'une tache sur un œil, comme de l'encre noire, et d'une oreille comme couverte de suie.

Flora laissa échapper un petit hoquet. Plus jeune, à l'époque où elle parlait encore, elle avait supplié sa mère pour avoir un animal à elle. Un chien, un chaton, voire un rat blanc… Un compagnon à qui elle pourrait confier ses secrets. « Il n'en est pas question, avait répondu sa mère avec un frisson. Pensez aux poils, aux puces et aux pipis ! Votre chambre déborde déjà de jouets, Flora. Que voulez-vous de plus, petite ingrate ? »

– Il pourrait être à vous, enchaîna la dame. Si vous le voulez, vous feriez bien de venir le prendre.

La portière du véhicule s'ouvrit. Lâchant ses poires, Flora s'avança. Alors qu'elle tendait la main vers l'animal, plusieurs choses se produisirent. Le chien jappa ; Flora émit un petit cri de surprise ; des bras, des jambes et des jupes s'agitèrent… puis la portière se referma dans un claquement sec. Avec Flora dans la voiture.

– Hé ! protesta Pip.

L'automobile toussa puis s'anima de nouveau. Pip se jeta dessus, tentant de s'accrocher à ce qu'il pouvait.

– Arrêtez ! cria-t-il. Rendez-moi Flora ! Relâchez-la !

Ça ne servait à rien. La femme au chapeau rit et, par la vitre baissée, repoussa le garçon de la pointe de son parapluie violet jusqu'à ce qu'il tombe sur la route. La voiture reculait toujours ; Pip dut s'écarter pour ne pas se faire écraser. Alors qu'il se relevait, le véhicule fit cette fois un bond en avant et s'éloigna en trombe. Pip distingua à travers la vitre le visage pâle de Flora, la bouche ouverte sur un cri silencieux. Alors que la voiture disparaissait au détour du virage, une main gantée de mauve sortit. Le chiot y pendouillait, se tortillant, puis fut lâché sur la route.

– Attendez !

Dérapant sur les fruits écrasés, Pip s'élança à la poursuite des ravisseurs, en criant :

– Flora, j'arrive !

CHAPITRE 5

Le chiot était toujours assis au milieu de la route, l'air un peu perdu, son oreille noire rabattue et la blanche redressée. Quand Pip arriva à son niveau, l'animal remua la queue avant de rouler sur le dos pour qu'on lui gratte le ventre.

– Pas le temps, dit Pip en le ramassant. On doit sauver Flora !

Les ravisseurs auraient eu moins de difficultés à s'enfuir si le chauffeur avait su conduire. Dans le cas présent, l'automobile zigzaguait, rebondissait contre les haies… Même avec le chien dans les bras, Pip courait vite. Il garda les yeux rivés sur la voiture jusqu'à ce qu'elle s'engage dans un virage et… se volatilise.

Le souffle court, Pip s'immobilisa. Après le tournant, la chaussée était toute droite. Et complètement déserte.

Une voiture, ça ne disparaît pas comme ça…

Le garçon poursuivit son chemin, à la recherche d'indices.

Là ! Des traces de pneus. La voiture avait fait une sortie de route, était passée entre les arbres et avait fini sa course dans les bois.

Comme tout bois qui se respecte, Wyke Wood était un endroit sombre et mystérieux. À condition de ne pas trop s'éloigner de la lisière, les orphelins de Sunny Bay avaient parfois le droit de s'y rendre pour cueillir des baies à l'automne, des branches de houx et des pommes de pin l'hiver, des jacinthes des bois et des coucous au printemps. Lors de ces excursions, les enfants étaient étroitement surveillés et ramenés au refuge avant le crépuscule. Miss Watkyns s'équipait toujours d'un robuste bâton. Jamais elle ne dévoila à quoi il aurait pu servir. Et voilà que Pip s'enfonçait dans les bois, suivant la piste formée par les fougères couchées et les arbrisseaux courbés. *Retrouver Flora.* Il ne pensait à rien d'autre.

Lorsqu'il entendit des voix, il plongea derrière un noisetier, le chiot serré contre lui. Au milieu d'une clairière se dressait un vieil if noueux. Cet arbre était différent des autres. Il y a très longtemps, la foudre avait frappé le tronc et l'avait fendu en deux. L'if avait guéri et continué de grandir ; à présent, il donnait l'impression de se tenir sur deux jambes au lieu d'une. Le capot de la voiture était écrasé contre l'une d'elles. Assise sur une souche à proximité, tournant le dos à Pip, la dame redressait son chapeau lilas. Son immense chauffeur était courbé à côté d'elle. Du sang coulait sur ses bottes extralarges.

– J'ai connu des betteraves plus malignes que toi ! se lamenta la femme.

Désormais, sa voix ressemblait moins à de la barbe à papa qu'à des oignons au vinaigre.

– Comment ai-je pu imaginer une seconde que tu serais capable d'exécuter une tâche simple sans tout faire rater ?

– Tu m'as dit de m'arrêter, protesta le géant. À l'If unique.

– T'ai-je demandé de nous y précipiter, tête de laitue ? Regarde ce que tu as fait ! Nous avons perdu la fille et tout est ta faute. Va la chercher ! ordonna sèchement la dame. Elle n'a pas pu aller bien loin. Tu ferais un ogre pitoyable si tu n'arrivais pas à la flairer à cette distance.

– Te fâche pas, môman, geignit le géant. Je me suis cogné le nez à cause de l'arbre. Ça fait mal. Je peux pas flairer les enfants avec un nez cabossé, môman.

– Bien fait pour toi ! Pourquoi faut-il que tu saignes aussi abondamment ? Ce que c'est agaçant ! Et cesse de m'appeler maman.

– Mais tu es ma môman… Tu as dit que c'est ce que tu voulais : un cher enfant qui t'appelle môman. Ne sois pas triste. Tu nous as, Gubbins, moi et…

– Tu n'es pas mon cher enfant, l'interrompit la femme. Tu ne l'as jamais été ! Dès le départ, tu étais hideux, et ça n'a pas changé. Tu ressembles à un navet qui aurait poussé de travers. Quant à Gubbins… *Qu'est-ce que c'est que ça ?*

De la pointe de son parapluie, la femme désigna un objet par terre. Quand le géant le ramassa et le donna à sa mère, Pip le reconnut. Tous les enfants de Sunny Bay en portaient. C'était le genre de chausson qu'on enfile et qu'on retire sans s'encombrer de lacets. À l'orphelinat, on les appelait des pas-de-loup. Et Flora, où qu'elle soit, en avait perdu un.

– Aha !

Tenant le pas-de-loup entre le pouce et l'index, la femme le renifla avant de poursuivre :

– Ça fera l'affaire. Voilà une mission pour Gubbins ! Cette brute a un flair aussi développé qu'un requin humant l'odeur du sang. Où que se cache la fille, Gubbins finira par la débusquer.

– Et moi, môman ? l'interrogea le géant. Je fais quoi ?

– Tu feras ce que je te dirai, répondit sèchement sa mère. La gamine va sûrement tenter de rejoindre la route. Remonte nos traces. Ouvre l'œil. Veille à ce que personne ne remarque ta présence. Si quelqu'un vient la chercher, je parie que tu mettras dans le plat les gros sabots qui te servent de pieds, et que tu révéleras nos plans.

– Je ne révélerai rien, promit le géant. Euh… C'est quoi, nos plans, môman ?

– Ils sont trop compliqués pour le petit pois que tu as à la place du cerveau, cracha la femme. Contente-toi de ne pas oublier la règle.

– « Môman a toujours raison », récita docilement son fils.

– J'attends depuis si longtemps… souffla la femme en glissant la pantoufle de Flora dans sa poche.

Puis elle secoua les plis de son parapluie.

– Mais c'est bientôt fini, reprit-elle. Je vais être vengée ! Cette sainte nitouche de miss Watkyns croit qu'il est plus prudent de faire l'autruche ; de penser que j'ai disparu dans la nature. Mais les promesses se retournent toujours contre ceux qui les rompent.

La dame s'avança d'un pas raide vers le trou de l'if puis se volatilisa. Poussant un soupir affligé, son fils s'essuya le nez avec une poignée de feuilles avant de partir vers la route. Pip retint son souffle lorsque le géant passa à côté de lui en marmonnant :

– Môman a toujours raison. Qui a toujours raison ? Môman.

Quand on n'entendit plus que le chant des oiseaux et le bruissement des feuilles dans la brise, Pip émergea de sa cachette pour inspecter la voiture.

La portière arrière côté passager pendait sur ses gonds. Flora avait dû s'échapper après l'accident. Où donc était-elle passée ? Pip observa les alentours. Il n'osait pas l'appeler.

Quelque chose tomba à ses pieds, sur le tapis d'aiguilles d'if. Le second pas-de-loup de Flora.

Pip renversa la tête en arrière en clignant des yeux.

– Flora ?

Les jambes de la fillette apparurent entre les branches, suivies de son corps tout entier.

– Est-ce que ça va ?

Pip contempla les pieds nus de son amie, son tablier déchiré et le nid de brindilles qu'elle avait dans les cheveux.

– On ne peut pas rester là, l'informa Pip. La femme va envoyer quelqu'un sur ta piste. Un certain Gubbins, qui a le flair d'un requin. Essaie de ne pas répandre d'odeur. On ne peut pas non plus retourner sur la route : le géant la surveille.

Où aller, dans ce cas ? Flora se pencha pour confisquer son pas-de-loup au chiot, qui avait sauté dessus. La boule de poils lui lécha le visage, puis un bruissement dans les fougères capta son attention. S'emmêlant les pattes, le chiot jappa et plongea dans la fente du vieil if. Ses aboiements s'éteignirent peu à peu.

Non… Reviens ! Flora sauta au sol.

– Mieux vaut le laisser, l'avertit Pip. C'est par là que la dame est partie !

Flora ne jeta pas un regard en arrière. *On doit le suivre. Il est trop petit pour rester seul. Il a besoin de nous.* À son tour, elle disparut entre les jambes de l'If unique.

Pip hésita. Un court instant.

– Flora… Attends-moi !

Ce fut ainsi que deux enfants accompagnés d'un chien franchirent un passage, quittèrent ce monde pour pénétrer dans un autre, sans savoir ce qu'ils faisaient, ni où ils allaient, ni ce qu'ils laissaient derrière eux.

CHAPITRE 6

Assise à son bureau, miss Watkyns n'était pas tout à fait aussi droite et impeccable que d'habitude. Un pli marqué apparaissait entre ses sourcils, et une mèche noire striée d'argent s'était échappée de son chignon.

– Ce garçon nous a toujours causé des ennuis.

M. Gribblestone, le maître d'école, avait des jambes fines comme des pattes d'araignée. Sa bedaine donnait l'impression qu'il venait d'avaler un melon.

– Vous êtes trop sévère à son sujet, monsieur Gribblestone, objecta miss Scadging. Pip a connu des débuts difficiles dans la vie.

– Ceci est un orphelinat, lui rappela M. Gribblestone en caressant sa moustache comme si c'était un petit animal duveteux. Tous nos pensionnaires ont connu des débuts difficiles dans la vie – sinon, ils ne seraient pas là. Or tous ne sont pas des cas aussi désespérés que Pip. Il a une influence très négative sur la pauvre petite Flora.

– Je n'en jurerais pas, rétorqua miss Scadging. Je vous aurais cru plus avisé. Vous faites confiance à une enfant aux yeux bleus et aux joues à fossettes ? Flora l'encourage, vous savez.

– Comment ça ? s'offusqua M. Gribblestone. Elle ne peut même pas parler !

– Elle ne *peut* pas ou elle ne *veut* pas ? nuança miss Scadging, l'air songeur. De plus, les cas désespérés, ça n'existe pas, monsieur Gribblestone. Avec une bonne dose de gentillesse et de crème anglaise, ces enfants finiront par rentrer dans le droit chemin. Même la plus poilue des chenilles abrite un papillon en elle.

– Il fut un temps où l'on aurait enfermé maître Pip dans le pigeonnier jusqu'à ce qu'il change d'attitude, fit remarquer M. Gribblestone.

– Je préfère oublier ce temps-là ! s'exclama miss Scadging en lui jetant un regard féroce. C'est de l'histoire ancienne. Nous étions tous des orphelins de Sunny Bay, autrefois, monsieur Gribblestone. Avez-vous oublié comment ça se passait sous la direction de M. Bunphatt, avant que miss Watkyns prenne ses fonctions ? Cette maison était triste et lugubre. Vous étiez très jeune, mais moi, je me souviens des larmes, des corrections, de la faim…

Elle fut interrompue par un bruit de lourdes bottes dans le couloir. Le capitaine Vanderdecken apparut dans l'encadrement de la porte, accompagné de deux membres de son équipage. Ils claquèrent les talons et s'inclinèrent. Miss Watkyns leva sur eux des yeux pleins d'espoir.

– Désolé, madame, annonça le capitaine d'un ton bourru. Aucun signe des disparus. On a trouvé des fruits écrasés et des traces de pneus, près du portail. Une voiture a fait une sortie de route et a fini sa course dans les bois. D'après l'agent Trubshaw, il s'agit d'un véhicule volé à un habitant du village pas plus tard que ce matin. Mes hommes fouillent la zone.

D'un geste, il désigna les vieux marins qui se tenaient au garde-à-vous derrière lui.

– Monsieur Plancton, monsieur Flétan, racontez donc à miss Watkyns ce que vous avez trouvé.

– Aucun corps, répliqua M. Plancton. Mort ou vif.

– Ni même entre les deux, ajouta M. Flétan avec obligeance. Uniquement ceci, madame.

Il déballa un minuscule objet niché entre les plis de son mouchoir et le posa sur le bureau de la directrice. C'était une violette au sucre.

Miss Watkyns fixa le bonbon. Elle devint toute pâle, comme si elle avait vu un fantôme.

– C'est ma faute, soupira le capitaine Vanderdecken. J'ai grondé ces enfants. Il est possible que je les aie menacés... de les faire passer sous la quille. De les jeter aux requins. Je n'ai jamais voulu les effrayer au point de les faire fuir...

– J'ai entendu ce qu'on raconte à propos de Wyke Wood, dit M. Plancton en secouant la tête.

– Des gens ont vu des choses..., confirma M. Flétan.

Le capitaine fronça les sourcils.

– Balivernes ! Une femme sensée comme miss Watkyns ne croit pas à ces histoires, voyons !

– Au contraire, capitaine, le détrompa la directrice. Justement, ce sont les gens sensés qui croient aux histoires. On peut faire comme si de rien n'était, pour que le monde paraisse plus sûr. Mais au fond, personne n'est dupe.

Plus tard, une fois seule, miss Watkyns resta assise, immobile, plongée dans ses souvenirs. Elle resta si longtemps dans la même position que le poisson rouge osa cesser de tourner dans le sens des aiguilles d'une montre pour partir en sens inverse. Enfin, miss Watkyns se leva et posa les yeux sur un canevas encadré qui ornait le mur. Chaque lettre avait été soigneusement brodée avec du fil de couleur.

Où se trouve le cœur,
là est la maison.

Après avoir repoussé son fauteuil et s'être rapprochée de la cheminée, miss Watkyns s'attarda devant le miroir accroché au mur. Elle arrangea ses cheveux puis observa longuement son reflet dans la glace. Celui-ci se mit à ondoyer et lui rendit son regard avec une expression qui n'était pas la sienne.

– Arrête ! ordonna miss Watkyns à voix haute. Ça suffit. Ce qui est arrivé… appartient au passé. Ces enfants ne t'ont fait aucun mal. Laisse-les tranquilles. Tu m'entends ?

Un drôle d'éclat de rire résonna non loin. La directrice retint son souffle.

Ce n'est qu'une mouette. Ressaisis-toi, Felicia Watkyns.

Lorsqu'elle tourna le dos au miroir, elle remarqua le changement de direction du poisson.

– Vous me décevez beaucoup, Heinrich Cornelius, le réprimanda-t-elle avec sévérité. Les forces du mal se réveillent peut-être, mais est-ce une raison pour se laisser aller ?

Où se répand une forte odeur de cannelle ;
Pip et Flora tombent sur un animal imposant,
un vieil ami et des beleuils pénibles ;
Flora surprend tout le monde,
y compris elle-même, et quelqu'un
prépare de la gelée violette.

CHAPITRE 7

– Le positif dans le fait d'être ici, c'est qu'il n'y a pas de règles, dit Pip qui tâchait de se montrer optimiste.

Ni de repas. À cette heure-ci, leurs camarades devaient piocher dans les paniers de pique-nique sur l'île aux Macareux. Flora était si affamée qu'elle en avait mal au ventre. La soif lui asséchait la bouche ; son pied nu était couvert de bleus et d'épines.

Je n'en peux plus. Elle se laissa choir sur un tronc d'arbre abattu et prit le chiot sur elle. *On ne sait même pas où on va.* Seule dans sa chambre, chez sa mère, elle avait lu des histoires sur des enfants qui, après s'être perdus dans les bois, connaissaient une fin tragique.

Pip n'avait jamais vu un livre avant son arrivée à Sunny Bay (les seules histoires qu'il connaissait étaient celles que miss Scadging lisait aux orphelins les après-midi pluvieux), mais il perçut l'humeur de Flora. Il regarda le chiot sur les genoux de son amie.

– C'est sa faute si on est perdus.

Sourd aux sifflements de Pip, le petit animal avait mené les enfants dans une joyeuse danse à travers les arbres. Que poursuivait-il ? Pip aurait juré avoir vu une sorte de serpent à fourrure, et Flora crut apercevoir un lapin avec des bois de cerf. Le chiot avait fini par revenir auprès des orphelins, l'œil brillant et le poil ébouriffé.

– Il faut lui trouver un nom, décida Pip. Peut-être qu'il apprendra à revenir si on l'appelle.

Ni lui ni Flora ne s'y connaissaient en noms de chiens.

Algernon ? Bonaparte ? Caractacus ? s'interrogea Flora. *Zebediah ?*

– Appelons-le simplement Chien, proposa Pip, qui avait passé la majeure partie de sa vie à être interpellé sans ménagement avec des « Hé, gamin ! ».

En signe de refus, Flora secoua son nuage de cheveux.

Pip songea aux animaux qu'il avait connus au cirque. Fifi et Lulu, les caniches savants… Non, ça n'irait pas. Quant aux poneys, ils avaient des noms comme Roméo, Noisette et Princesse. Non…

Il se rappela alors la tigresse qui l'avait sauvé des

griffes de son père ce jour-là, sur la piste de cirque. Elle méritait qu'on se souvienne d'elle.

– Qu'est-ce que tu dirais de Tiger ?

Flora fronça les sourcils. *Son poil n'est pas de la bonne couleur. En plus, il n'a pas de rayures. Il a plutôt une tête à s'appeler Panda...* Elle sentait les mots lui chatouiller la gorge. À sa grande surprise, ici, dans le silence étouffé des bois, ils étaient presque sur le point de jaillir. Presque, mais pas tout à fait.

– Tiger ! appela Pip. Au pied, Tiger !

Les oreilles du chiot tressaillirent. Il bondit du tronc et alla s'asseoir aux pieds du garçon, remuant la queue.

– Tu vois ? se réjouit le garçon.

Toutefois Flora ne l'écoutait pas. La tête inclinée, elle reniflait. Quelle était cette odeur ? Cela lui rappelait Noël. *Du plum-pudding... Du punch aux épices... Des petits pains à la cannelle...*

Debout, raide sur ses pattes, Tiger se mit à gémir.

Tu as entendu ?

Un bruit de pas traînants. Des feuilles qui craquent. *Flip, flop, flip, flop...* Ça se rapprochait. Flora se laissa glisser du tronc pour s'aplatir entre les fougères, aux aguets, les yeux grands ouverts. Après avoir pris Tiger dans ses bras, Pip franchit le tronc d'un bond et s'allongea aux côtés de son amie.

Il entendait les battements de son cœur – à moins que ce ne soient ceux de Flora ? Tiger gigotait, grognant et jappant.

Chut ! Au désespoir, les enfants essayèrent de le faire taire.

Quelque chose avait émergé d'entre les arbres. Un puissant parfum d'épices emplissait l'air. Lorsque le chiot parvint à se libérer à force de remuer, Flora laissa échapper un petit cri étranglé.

Groumph… groumph… C'était le bruit d'une respiration lourde. Une forme menaçante se dressa au-dessus d'eux – massive sur ses deux pattes, le poil hirsute.

Pip n'eut pas la force de la regarder. Dans sa tête, il revoyait son père le dominer, les yeux exorbités, les poings crispés par la rage. Il fit ce qu'il avait toujours fait : roulé en boule tel un hérisson apeuré, il ferma les yeux de toutes ses forces en priant pour que les ténèbres l'engloutissent.

CHAPITRE 8

Assise, la dame peignait ses cheveux couleur de mûre tandis qu'un feu crépitait dans l'âtre. Lorsqu'elle étendit ses jambes, la lueur des flammes se refléta sur ses bas violets. Une créature coassa dans l'ombre.

– Taisez-vous, monsieur B. ! ordonna sèchement la femme. Avez-vous oublié les règles ? Interdiction de parler tant qu'on ne vous adresse pas la parole !

La porte s'ouvrit. Un individu de très grande taille se pressa dans l'encadrement. Il avança un fauteuil et replia son corps pour s'y installer : le plafond était trop bas pour qu'il se tienne debout.

– Je t'ai apporté les baies, môman. J'ai fait attention en les cueillant ; je les ai pas écrasées et j'en ai mangé aucune. C'est pour le dîner, môman ?

– Idiot, l'insulta sa mère en lui arrachant le panier des mains. C'est de la belladone mortelle ! Ces baies ont une si jolie couleur… Je vais préparer une belle gelée violette qui me montrera ce que je veux voir.

Le géant regarda autour de lui.

– Il est où, Gubbins ?

– Je l'ai envoyé chercher la fille. Je compte sur lui pour me la ramener.

– Pourquoi tu la veux, môman ? C'est qu'une petite fille… Sucrée et bien juteuse, j'imagine, ajouta le géant avec nostalgie.

– J'ai besoin d'elle.

La femme replia les doigts. Un instant, ils ressemblèrent à des serres.

– Elle sera l'instrument de ma vengeance, ajouta-t-elle.

Son fils frotta son nez toujours enflé.

– Penser aux enfants, ça me donne tellement faim que ça me tord l'estomac !

– Arrête de geindre. Il y a de la soupe de poireaux.

– J'en ai vraiment marre des poireaux, soupira le géant. Y a pas de nonosses dans le poireau. Est-ce qu'un jour j'en remangerai, des nonosses ? Tu as dit que oui, môman. Tu as promis.

– Mon pauvre abruti, le consola sa mère en lui tapotant la main. Fais ce que je dis, et un jour viendra où tu auras tous les os que tu voudras.

– Oui, môman, répliqua docilement le géant. Môman va tout arranger. Môman est la plus intelligente.

– Tête de grumeau, dit sa mère.

CHAPITRE 9

Pip, tout va bien. La main posée sur son épaule, Flora le secouait doucement. *Pip, ouvre les yeux. Regarde !* Avec précaution, le garçon se redressa.

De l'autre côté du tronc abattu se tenait un gros animal. Outre de petites oreilles rondes, il avait une épaisse fourrure luisante comme des châtaignes bien fraîches. Il s'était remis sur ses quatre pattes et Tiger gambadait autour de lui en remuant la queue. Sous les yeux de Pip, la bête plaça son museau entre ses pattes de devant puis exécuta une roulade parfaite. C'était un ours.

Difficile de continuer à avoir peur d'une créature qui s'amuse à faire des roulades et sent le petit pain à la cannelle. Flora grimpa sur le tronc. La bête la rejoignit d'un pas tranquille, lui donnant un léger coup de tête dans le ventre. Lentement, retenant son souffle, Flora tendit la main vers l'ours.

Celui-ci semblait apprécier les caresses : les paupières mi-closes, il grognait de satisfaction pendant que Pip lui grattait les oreilles. Flora enfouit son nez dans son cou ébouriffé. Quand enfin l'ours eut son compte de papouilles, il s'ébroua, diffusant une odeur de cannelle, puis exécuta une autre série de roulades. Pip poussa un cri de joie puis imita l'animal avant d'enchaîner avec une roue et un salto arrière. Il n'avait jamais montré l'étendue de ses talents d'acrobate à Sunny Bay. C'était de l'histoire ancienne ; il ne voulait plus y penser. Comme Flora, il avait enfermé le passé dans une boîte enterrée au fond de sa tête, couvercle verrouillé. Mais ici, dans les bois, ces jours tristes lui paraissaient trop loin pour qu'il y accorde de l'importance.

Après avoir fini de se gratter contre l'écorce noueuse d'un chêne, l'ours s'éloigna entre les arbres d'une démarche pesante, puis s'arrêta pour regarder les enfants par-dessus son épaule, l'air de dire : *Alors, vous venez ?*

– Autant l'accompagner, suggéra Pip. Il faut bien que les ours se nourrissent, non ? Peut-être qu'en le suivant, on trouvera de quoi manger.

Naguère, Pip avait l'habitude de grappiller la moindre miette de pain qui tombait sur son chemin.

Isolée dans sa chambre, Flora avait grandi avec des servantes, une cuisinière et des repas servis à heures fixes dans des assiettes en porcelaine. Rien de tout cela ne lui manquait. Cependant, il lui semblait qu'un temps considérable s'était écoulé depuis qu'on leur avait distribué leurs bols de porridge à la mélasse et leurs tartines beurrées pour commencer la journée à Sunny Bay. Et être perdue dans les bois en compagnie d'un ours sympathique, c'était mieux que d'être perdue dans les bois tout court.

Elle suivit Pip, mais elle boitait. Lorsqu'une autre feuille de houx lui piqua le talon, elle grimaça. En équilibre sur une jambe, elle prit son pied nu dans sa main.

Ça fait mal…

L'air songeur, Pip observa le large dos de l'ours.

– Tu crois que tu pourrais grimper sur lui ?

Parmi les jouets que Flora avait eus autrefois, il y avait un cheval à bascule à la robe tachetée, doté d'une crinière et d'une queue luxuriantes. Livrée à elle-même, Flora avait passé de longues heures à se balancer dessus, rêvant à des voyages imaginaires. Chevaucher un ours ne serait pas si différent. Elle acquiesça.

L'animal attendit patiemment pendant que Pip aidait Flora à l'enfourcher. Il était si large que les jambes de

Flora, une fois en place, étaient presque tendues à l'horizontale, comme si elle faisait le grand écart.

– Ma mère montait à cru, au cirque, raconta Pip quand la bête se mit en route, manquant de faire tomber Flora. Comparés aux poneys, les ours ont plein de poils auxquels on peut s'accrocher. Tiens, tu ferais mieux de prendre Tiger.

Il lui tendit le chiot.

– Sinon, il risque encore de se perdre, ajouta-t-il.

Marchant d'un pas tranquille, l'ours avait l'air de connaître son chemin. Les oiseaux pépiaient. Le soleil de l'après-midi coulait comme du sirop chaud entre les feuilles, au-dessus de leurs têtes. Flora se délecta de l'odeur de petit pain à la cannelle. Elle s'habitua au balancement cadencé, au point d'en oublier sa faim, sa soif, et le fait qu'elle soit perdue. Elle vivait quelque chose de nouveau et d'inattendu : elle s'amusait.

Ils cheminaient depuis un moment quand l'ours s'immobilisa d'un coup. Le museau levé, il flaira l'air puis partit au petit galop. Pip rattrapa juste à temps Tiger qui dégringolait. Flora s'agrippa aux épaules de l'ours. Dans le paysage qui défilait, elle aperçut une silhouette familière : une petite personne au visage et aux yeux ronds, la bouche arrondie sous l'effet de la surprise.

Gorbo !

CHAPITRE 10

– Sautez, miss Flora ! s'écria Gorbo en agitant frénétiquement les bras. Descendez de cet ours ! Faites…

Faites quoi ? Flora n'entendit pas la suite. La charge fracassante de l'ours, comme fou, lui emplit les oreilles.

Humph !

Lorsqu'il s'arrêta brusquement, la fillette glissa à terre. Redressé sur ses pattes de derrière, l'ours griffait l'écorce d'un arbre en grognant.

Arrivé à la hauteur de Flora, Pip demanda, hors d'haleine :

– Qu'est-ce qui lui arrive ? C'est quoi, ce bruit ?

L'arbre bourdonnait. Le bourdonnement s'intensifia quand une sorte de nuée jaillit, comme de la fumée. Une fumée rayée de noir et de jaune, qui vrombissait.

Des abeilles !

Il y en avait des centaines.

Flora se releva en vitesse pour prendre la fuite, protégeant son visage de ses bras. Pip la suivit, Tiger serré contre lui. Les enfants continuèrent à courir pour semer le nuage d'abeilles furieuses, jusqu'à ce qu'ils trébuchent sur quelque chose de tendu en travers de leur chemin.

– De la ficelle, constata Pip. Qu'est-ce que ça fait là ?

– Ça pourrait être à moi, avoua une voix familière. Il semblerait que je m'effiloche.

Gorbo les aida à se relever. Un arc et un carquois rempli de flèches pendaient dans son dos et il portait un sac en filet à moitié défait.

– Nom d'un pudding et d'une tarte ! Mais qu'est-ce que vous fabriquez dans ces bois, vous deux, à courir dans tous les sens avec un ours à la cannelle ? En général, ce sont des créatures amicales, mais l'odeur du miel les rend folles. Et les abeilles n'apprécient pas qu'on se serve sans demander la permission. Si vous êtes sur leur passage, ça risque de se finir dans les piqûres et les larmes !

– Les ours, ils ne se font pas piquer, eux ? s'enquit Pip.

Gorbo secoua la tête.

– Leur fourrure est trop épaisse. Quant à leur museau, il est à l'épreuve des dards. Ah, te voilà, espèce de source d'ennuis !

Formant une pelote, il venait de trouver l'extrémité de la ficelle qu'il avait égarée, accrochée dans les ronces.

Une brise souffla dans les arbres ; les feuilles frémirent. Tiger flaira une odeur. Il jappa en se tortillant dans les bras de Pip.

– Drôle de bestiole que vous avez là, fit remarquer Gorbo. On dirait un lapin raté.

Un son s'échappa des lèvres de Flora. Ça ressemblait fort à un gloussement à peine réprimé.

– C'est un chien, rétorqua Pip.

– Quoi ? s'étonna Gorbo, inquiet. Non, impossible ! Je ne sais pas grand-chose, mais les chiens, je connais : ce sont de grosses bêtes hautes sur pattes au long museau, qui cherchent toujours à vous mordre avec leurs crocs acérés !

– C'est une autre race de chien, expliqua Pip. Il en existe de toutes sortes, Gorbo. C'est comme… les bouts de ficelle. Celui-ci s'appelle Tiger. Et c'est notre ami.

– Oh, eh bien, dans ce cas…

Le visage de Gorbo s'éclaira.

– Vos amis sont aussi les amis de Gorbo ! déclara-t-il joyeusement. Est-ce qu'il aime les pancakes ?

Des pancakes ? Ooooh ! Les yeux de Flora fondirent d'envie.

– On aime tous les pancakes, répondit Pip. En plus, on n'a rien mangé depuis le petit déjeuner.

Gorbo prit un air interloqué.

– Quelle horreur ! « Panse pleine, cœur vaillant, disait toujours ma mère. Il ne faut jamais se lancer dans une aventure sans emporter une tarte, mon fils, en cas d'urgence. » Hélas, vous arrivez trop tard pour la tarte : je l'ai déjà mangée. Mais il me reste des pancakes…

Il fouilla dans les lambeaux de son sac en filet, qui semblait surtout contenir toujours plus de ficelle, pour en sortir des choses plates et molles.

– La cuisine n'est pas mon fort. À vrai dire, je ne sais pas ce qui est mon fort – même si ma tante Flumper affirme que j'ai le talent rare d'être un gros bêta bon à rien.

La consistance des pancakes de Gorbo rappelait un peu celle du cuir, mais ils avaient un goût de sel de mer et de thym. De toute façon, les enfants étaient trop affamés pour faire la fine bouche.

– C'est tout de même étrange, commenta Gorbo tandis qu'ils mangeaient, que miss Watkyns, si merveilleusement avisée, vous laisse venir ici seuls, sans même une part de tarte, pour folâtrer sur des ours rendus fous par le miel et vous fourrer dans je ne sais quel pétrin. D'accord, ça fait un bout de temps qu'on n'a pas vu de dragons dans les parages. Et heureusement, le dernier des ogres n'est plus un problème. Cela dit, il y a quand même un risque de tomber sur des beleuils… Imaginez que vous ayez été capturés par des Varechs ?

– C'est quoi, un Varech ? demanda Pip, la bouche pleine.

– Quelque chose de mauvais, pour faire simple. Ils habitent par là-bas, précisa Gorbo en agitant la main. Personne n'en a vu depuis longtemps, de ce côté-ci de la rivière – et c'est tant mieux. Moi-même, je n'en ai jamais rencontré et je m'en porte très bien. Tout le monde sait ce qui se dit : « Attention aux Varechs, ils ne sont pas gentils. Ils se repaissent de bébés bouillis avec du riz… » Ce n'est pas tout, ajouta Gorbo d'un air sombre, mais je ne voudrais pas vous dégoûter de votre pancake. En résumé, les Varechs ne sont pas sympathiques et les Snergs ne les apprécient pas : c'est ainsi, et ça a toujours été.

– Supposons qu'on en croise un, dit Pip en avalant la dernière miette de son pancake. Comment on le reconnaîtrait ? À quoi ils ressemblent ?

– Ils sont longs comme des Nouilles – comme vous, les humains, répondit Gorbo. Rien à voir avec les Snergs, qu'on identifie facilement. Nous, on est juste à la bonne taille et presque toujours joyeux. Sauf quand on a faim. Et ça, c'est une vraie source de tracas…

Après avoir donné le dernier pancake à Tiger, qui en avait déjà dévoré trois pour son plus grand bonheur, Gorbo regarda dans son sac en filet.

– Je pensais avoir assez de nourriture pour tenir jusque chez moi. Hélas, je me rends compte que je dois vous reconduire auprès de miss Watkyns. Ce qui nous fait un long trajet, plus trois estomacs…

Comptant sur ses doigts, il jeta un coup d'œil à Tiger.

– Ou plutôt quatre, rectifia-t-il, à quoi il faut ajouter le fait de n'avoir plus rien à manger. Je n'aime pas ce genre de calcul. On ne trouve jamais le bon résultat.

Pip et Flora se regardèrent. Tous deux pensaient à la même chose.

– On ne veut pas retourner à Sunny Bay, annonça Pip.

Flora secoua la tête, ce qui fit bruisser les feuilles mortes prises dans ses cheveux bouclés.

– On ne veut pas que tu nous raccompagnes, Gorbo, poursuivit Pip.

– Je ne sais pas…, hésita le Snerg en se grattant la tête. Que dirait miss Watkyns ?

– Qu'est-ce que ça peut lui faire ? s'offusqua Pip. Elle ne veut pas de nous ! On ne fait que la contrarier. Les autres sont partis en pique-nique sans nous. Ils nous ont abandonnés. Exprès.

Gorbo semblait bouleversé.

– Pourtant miss Watkyns est sage et bonne !

Pip démentit de la tête.

– Pas quand on enfreint ses règles, ça non ! Elle t'a renvoyé, non ? Elle sera contente d'être débarrassée de nous. S'il te plaît, Gorbo ! On aimerait voir où tu vis… et rencontrer d'autres Snergs.

Avec ces deux paires d'yeux suppliants fixées sur lui, Gorbo fut tenté de céder.

– Le village des Snergs est un endroit vraiment merveilleux, admit-il. Et les fêtes de la reine sont les plus mervifiques de toutes. Il y en a une prévue ce soir, d'ailleurs…

Il se rembrunit et ajouta :

– Mais la reine est fâchée contre le pauvre Gorbo. Je ne serai pas invité.

– Pourquoi ça ?

Gorbo soupira.

– Il y a eu un petit souci à la dernière fête, en l'honneur du trois cent soixante-treizième anniversaire trois quarts de Sa Majesté. Je ne me rappelle pas exactement ce qui s'est passé. Il y a peut-être eu une danse. C'était peut-être sur la table. J'ai peut-être fait quelques roues. Il y a peut-être eu une glissade. Ce qui est possiblement sûr, c'est que j'ai atterri en plein milieu du gâteau d'anniversaire de Sa Majesté. Par chance, les bougies n'étaient pas allumées. Toutefois, il y a eu de la confiture impliquée – en quantité. Ce qui est certain, c'est que ma culotte faisait des bruits de succion. Après la tarte, le gâteau est le mets préféré de Sa Majesté. Celui-ci avait été confectionné à son effigie par le Maître Pudding en chef, précisa Gorbo. Un gâteau ne ressemble plus tout à fait à ce qu'il était une fois qu'on s'est assis dessus. Après ça, la reine m'a renvoyé.

Il poussa un soupir déchirant avant de reprendre :

– Et maintenant, voilà que miss Watkyns aussi m'a congédié ! Quand la reine l'apprendra, je serai interdit de fêtes pour les cent prochaines années, aussi sûrement que les beleuils ont des crocs.

– Laisse-nous venir avec toi, le cajola Pip, et nous lui expliquerons que c'était notre faute si miss Watkyns n'a pas voulu te garder.

Gorbo hésita.

– Les Snergs seraient ravis de vous rencontrer, ils adorent les visites. Et la reine se réjouirait d'avoir des nouvelles de sa bonne amie, miss Watkyns.

– Quoi, elles se connaissent ? s'étonna Pip.

– Oh, c'était il y a longtemps, dit Gorbo, évasif.

Pour changer de sujet, il ajouta :

– Je pourrais offrir un rayon de miel à la reine pour

l'amadouer… à moins que cet ours n'ait déjà tout englouti !

– Et les abeilles ? le questionna Pip. Tu risques de te faire piquer, non ?

– Je leur demanderai poliment. De toute façon, les Snergs ont la peau très épaisse, se félicita Gorbo. Mais vous deux, vous feriez mieux de rester ici. Sans vouloir vous vexer, vous dégagez une forte odeur de cannelle, et les abeilles pourraient vous prendre pour des ours. S'il arrive quoi que ce soit… Quoi que ce soit de désagréable… Faites ceci.

Il mit ses mains en coupe autour de sa bouche.

– *Ooouuu-k-euck… Ooouuu-k-euck… Ooouuu-k-euck…* C'est le cri du coucou tourneboulé. En cas de problème, appelez et j'accourrai.

Les enfants le regardèrent s'éloigner puis se fondre dans le sous-bois, avec son gilet vert et sa culotte marron en piteux état.

– Je suis content qu'on soit tombés sur lui, déclara Pip, soulagé.

Tout ira bien maintenant, approuva Flora.

Gorbo n'était probablement pas la plus grande des grandes personnes de leur connaissance (et pas seulement en taille) ; malgré tout, ils comptaient sur lui pour prendre les choses en main.

Si on avait interrogé miss Watkyns, elle les aurait peut-être avertis qu'il ne fallait pas trop faire confiance à un Snerg comme Gorbo, réputé pour sa distraction.

Et miss Watkyns aurait peut-être eu raison.

CHAPITRE 11

– Aïe !

Le piaillement de Flora fit sursauter Pip qui, allongé sur le ventre, regardait distraitement une colonie de fourmis emporter les dernières miettes de pancake. Délaissant le spectacle des insectes, il fixa son amie avec des yeux ronds.

– Flora, tu as dit quelque chose ?

La fillette, assise le dos contre un arbre pour ôter les épines de son pied nu, affichait une grimace de surprise et de douleur. Elle se battait contre une créature suspendue au-dessus d'elle par sa queue, enroulée autour d'une branche. Semblable à un ballon de baudruche rose, le crâne chauve, le corps couvert de poils raides, avec des yeux globuleux de poisson, la chose tirait les cheveux de Flora avec son long bec bordé de crocs.

– Hé ! Lâche-la ! cria Pip.

Il se leva aussitôt pour scruter les alentours, à la recherche d'une arme. Il s'empara d'un bâton, avec lequel il frappa la créature.

– Lâche-la !

La panse pleine de pancakes, Tiger faisait la sieste dans une tache de soleil. À présent bien réveillé, il s'élança vers l'assaillant. Dressé sur ses pattes arrière, il jappa en cherchant à mordre quand une deuxième masse rose se laissa pendre, enroula sa queue autour du cou du chiot et le souleva du sol.

Flora laissa échapper un hurlement de fureur. D'un grand geste, elle attrapa la queue du chiot juste avant que celui-ci disparaisse dans le feuillage. Le pauvre Tiger gémit, écartelé entre un bec féroce d'un côté, qui le tirait vers le haut, et Flora de l'autre, qui le tirait vers le bas. Le bec semblait sur le point de remporter cette épreuve de tir à la corde (sinon Tiger allait être déchiré en deux) quand Pip mit ses mains en coupe autour de sa bouche :

– *Ooouuu-k-euck… Ooouuu-k-euck… Ooouuu-k-euck…*

Soudain, des masses roses apparurent de tous côtés. Elles descendirent le long des troncs d'arbres sur leurs pattes palmées et collantes, faisant claquer leur bec.

– *Ooouuu-k-euck… Ooouuu-k-euck…*

Tandis que Flora s'accrochait désespérément à la queue de Tiger, Pip distribuait des coups de bâton. Les créatures produisaient d'horribles gargouillements, comme si elles avaient un problème de plomberie. Hélas, les coups ne furent d'aucune utilité : les choses étaient trop nombreuses.

Une masse particulièrement bouffie se laissa tomber à terre devant Pip, fouettant l'air de sa queue qu'elle enroula autour de la cheville du garçon pour le déséquilibrer. Soudain, une flèche vola en sifflant.

– Deux fois deux, quatre ! brailla la voix de Gorbo. Trois fois trois, neuf !

Les masses informes se pétrifièrent et parurent se ratatiner légèrement.

– Quatre fois quatre, seize !

Essoufflé, Gorbo surgit des fougères.

Avec une sorte de glouglou, les créatures firent rouler leurs yeux gélatineux. Pip parvint à libérer son pied. La queue qui entourait le cou de Tiger se desserra.

– Cinq fois cinq, vingt-cinq ! haleta Gorbo. Allez-vous-en, beleuils ! Ou je vous mathématise tous ! Six fois six, trente-six ! Sept fois sept, euh… quarante… euh… quarante et quelques ! Quarante… sept… ?

Les beleuils profitèrent de l'erreur de Gorbo pour récupérer. Encore plus nombreux qu'avant, se déversant des cimes, ils poussaient des gargouillis de triomphe.

– Huit fois huit ! s'époumona Gorbo. Euh… Euh…

– Soixante-quatre !

C'était Flora. Les mots avaient jailli de sa gorge lorsqu'un beleuil lui avait violemment tiré les cheveux.

– Neuf fois neuf, quatre-vingt-un ! s'égosilla-t-elle. Lâche-moi, espèce d'horrible pudding dégoûtant, détestable et grotesque ! Dix fois dix : trop facile. Onze fois onze, cent vingt et un ! Laisse Tiger tranquille, il est plus petit que toi, sale goret gonflé aux gros yeux globuleux ! Douze fois douze, cent quarante-quatre ! Treize fois treize… Attends, je vais trouver… Cent soixante-neuf !

C'était trop pour les beleuils. Dans un concert de glouglous et de sifflements évoquant une vilaine bouilloire à vapeur, ils tournèrent le dos à leurs proies et s'empressèrent de remonter dans les arbres.

– Flora ! Tu as entendu ce que tu as fait ? demanda Pip en la dévisageant.

Mais Flora, haussant une épaule, avait disparu derrière sa chevelure. Elle ne savait pas trop ce qui s'était passé. Elle ne s'y attendait pas. Les mots avaient été projetés hors de sa bouche comme un prodigieux éternuement.

– Bravo ! s'exclama Gorbo.

Extrêmement soulagé, il redressa sa casquette et expliqua :

– C'est la particularité des beleuils. On ignore pourquoi, mais ils ne supportent pas les multiplications. Le problème, c'est qu'il faut s'en souvenir dans un moment de stress, sans forcément avoir le bon résultat. On aurait été dans un sacré pétrin sans la vivacité de miss Flora !

Tiger serré contre elle, la fillette accueillit ce compliment en silence, secouant discrètement la tête. Sa gouvernante était une fervente partisane des contrôles – que ce soit en histoire, géographie, orthographe ou arithmétique. Si vous aviez eu des contrôles tous les jours (*deux* le lundi !) pendant des années, vous en auriez sûrement retenu quelque chose, vous aussi. Cependant Flora s'abstint de le préciser. Après tout ce temps, le son de sa propre voix l'avait prise de court autant qu'il avait perturbé les beleuils.

Pip aussi se taisait. À Sunny Bay, M. Gribblestone s'était efforcé de lui inculquer des notions élémentaires d'arithmétique. Pip avait fixé d'un regard vide même les calculs les plus basiques. En quoi était-ce important ? Il y avait toujours des choses plus intéressantes auxquelles penser. À présent, pour la première fois de sa vie, Pip commençait à se dire que, lorsqu'on s'y attendait le moins, ce qu'on nous enseignait en classe pouvait se révéler utile.

– Si j'avais un peu mieux visé, on en aurait eu un à faire cuire.

Gorbo retira sa flèche plantée dans un tronc d'arbre avant de tempérer :

– Toutefois, je ne dirais pas que ça a bon goût. C'est caoutchouteux et un peu gluant. Je n'en avais jamais vu autant d'un coup !

– Au début, il n'y en avait qu'un seul, expliqua Pip. Il tirait les cheveux de Flora. Puis un deuxième est arrivé et a essayé d'enlever Tiger. J'ai pensé qu'il valait mieux t'appeler, comme tu l'as conseillé. Et tout à coup, il y en avait partout !... Gorbo, qu'est-ce qui se passe ?

Le Snerg avait plaqué une main sur sa bouche. De l'autre, il se frappait la tête.

– Gorbo, espèce d'andouille à la ridicule micro-cervelle gélifiée ! s'insulta-t-il. Tante Flumper a tout à fait raison : tu fais honte aux Snergs ! Tu mérites d'être grignoté par des beleuils jusqu'à ce que mort s'ensuive ; tes os croqués, ton sang aspiré, tes tendons mâchonnés et recrachés...

Il se mit à genoux et continua à se frapper, sous le regard inquiet des enfants.

– Gorbo, s'il te plaît, arrête ! le supplia Pip. Dis-nous ce qui t'arrive !

Gorbo ravala un sanglot.

– C'est ma faute. Je vous ai dit d'avoir recours au signal !

– Le cri du coucou tourneboulé ?

Pip replaça ses mains en coupe autour de sa bouche :

– *Ooouuu-k-euck…*

– Non, ne fais pas ça, maître Pip ! l'implora Gorbo, les yeux brillants de larmes. À moins que tu veuilles les faire revenir ? J'ai oublié… Quel abominable imbécile balourd et ballot je fais… Le coucou tourneboulé est la proie favorite des beleuils ! C'est comme si je vous avais fait gober tout crus. Que dirait miss Watkyns ? Je ne suis pas la personne qui convient pour veiller sur des enfants innocents. L'heure est venue d'être un Snerg raisonnable, une fois dans ma vie. Je vous ramène à Sunny Bay !

Pip fronça les sourcils.

– Est-ce que miss Watkyns est au courant pour les beleuils ? Parce que, si oui… pourquoi elle a dit que ça n'existait pas ?

– Miss Watkyns est une vraie dame, déclara Gorbo d'un ton ferme. Je suis sûr qu'elle avait d'excellentes raisons.

– Ce serait sa faute à elle si ces beleuils nous avaient gobés tout crus ! objecta le garçon. Elle aurait dû nous mettre en garde. Mais pour ça, il aurait fallu qu'elle se soucie de nous… Ne nous renvoie pas, Gorbo. Pas tout de suite ! On n'y retournera pas, hein, Flora ?

Derrière ses cheveux, Flora fit non de la tête.

– Si tu essaies de nous y forcer, menaça Pip en plaçant ses mains autour de sa bouche, je recommencerai. Je referai le cri du coucou tourneboulé…

– Non, pas ça ! supplia Gorbo. Sinon, nous resterons coincés ici à faire du calcul mental jusqu'à en avoir le tournis. Soyez des demi-Nouilles raisonnables et…

– Nous serons très raisonnables, promit Pip, à condition que tu nous emmènes voir les Snergs.

Gorbo abandonna.

– Bon, puisque c'est ainsi…, soupira-t-il.

Il remit son arc à l'épaule et enfonça sa casquette sur ses oreilles.

– Allons-y. En route pour le pays des Snergs.

Ils n'avaient pas beaucoup avancé quand l'ours les rejoignit d'un pas traînant, le museau collant. Il leur donna des coups de tête dans les jambes et fit des roulades afin d'attirer leur attention.

– Si tu n'as rien de mieux à faire que ces stupides

roulades, le réprimanda sévèrement Gorbo, autant te rendre utile en prenant un passager sur ton dos.

Tandis que la petite troupe s'éloignait, personne ne remarqua l'œil vert unique qui, à travers les fougères, les observait – en particulier Flora, au pied nu.

CHAPITRE 12

– Les Snergs ! Ceux-là, je ne peux pas les sentir ! Sans cesse à papillonner comme des petits rayons de soleil, à être sympathiques, à vouloir rendre service ! Pourquoi ces imbéciles doivent-ils toujours être d'humeur aussi joyeuse ? Ça me rend malade !

La voix de la femme était aussi amère que la gelée de belladone qu'elle avait concoctée. Elle l'avait transvasée dans un bol taillé dans un crâne poli. Ce n'était pas encore tout à fait prêt. Lorsqu'elle inclina le bol, des rides se formèrent à la surface. Les sourcils froncés, la femme enroula autour de son doigt une mèche de ses cheveux couleur de mûre.

– Tu les vois, môman ? s'enquit son fils dégingandé qui se tenait au-dessus de son épaule, frottant son nez douloureux.

– Ce gros bêta de Gorbo les emmène chez les Snergs !

D'un geste irrité, elle secoua le bol.

– Ne m'oblige pas à aller là-bas, môman ! geignit le géant. Ils ont des oiseaux. Des oiseaux immenses. Avec des becs qui pincent et des pattes crochues.

– J'ai connu des concombres plus courageux que toi, railla sa mère. Qu'est-ce que j'ai fait pour mériter un fils pareil ? La tête pleine de gravats et les nerfs aussi solides qu'un brocoli bouilli. Je n'ai pas besoin de ton aide. Gubbins les suit de près.

– Gubbins mon frérot ne t'obéit pas toujours. C'est un vilain garçon. Pas comme moi, dit l'ogre d'un ton vertueux. Moi, je suis sage.

Il tendit sa main grosse comme un battoir pour tapoter maladroitement sa mère, mais celle-ci le repoussa.

– Ôte-toi de là, tu me caches la lumière, grumeau ! se plaignit-elle. Je veux voir la fille. Bientôt, elle sera en mon pouvoir… Alors, tout pourra commencer.

– Et quand ça sera fini, je pourrai remanger des nonosses ! se réjouit l'ogre. Craquants à l'extérieur, fondants à l'intérieur. Je pourrai, hein, môman ?

– Autant que tu voudras, mon fils.

La femme contempla les profondeurs de la gelée violette. Ses lèvres se retroussèrent quand la mixture lui montra une maison en bord de mer : un bâtiment imposant hérissé de hautes cheminées, avec un grand portail en fer flanqué de deux sorbiers.

– Tu crois pouvoir m'empêcher d'entrer, avec ton sorbier et ton romarin, murmura la femme à l'intention de quelqu'un qui n'était pas dans la pièce. Mais je suis plus maligne que ça. Tu verras. Les flammes et la fumée noire empêcheront le soleil de briller sur Sunny Bay, jusqu'à ce que tous les souvenirs soient réduits en cendres, disséminées par le vent…

Où les voyageurs arrivent
au village des Snergs et Gorbo
reçoit une non-invitation ;
la reine donne une fête avec quantité
de tartes, chansons et équilibres sur la tête,
et l'aventure semble toucher à sa fin...
jusqu'à ce que Tiger découvre
quelque chose à pourchasser
entre les Arbres tordus.

CHAPITRE 13

Plutôt que d'abattre et de niveler les bois qu'ils occupent, les Snergs bâtissent leurs maisons dans les arbres, entre les arbres et autour des arbres. Ce que l'on remarque de loin en premier, ce sont le tintement des carillons à vent, les cascades de couleurs qui coulent des jardinières accrochées aux fenêtres et les paniers suspendus dans les branches en hauteur. Ensuite, il se peut que l'on voie les nids d'oiseaux perchés sur les conduits de cheminée tordus, les hauts toits rouges, les portes d'entrée aux couleurs vives cachées par le feuillage, et les tortueux escaliers de bois là où on ne les attend pas.

– Nous y voici, déclara Gorbo, le visage rayonnant. Les voyages, c'est très bien, mais les meilleurs sont ceux qui vous ramènent à la maison, où rien n'a bougé, vos meubles sont ravis de vous revoir et la ficelle ne manque pas.

Le retour de Gorbo provoqua une certaine agitation. Sitôt qu'on nota sa présence, des exclamations fusèrent :

– Ça alors ! J'en suis tout ébaubi ! Si c'est pas ce vieux sac à bêtises de Gorbo !

– Wouhou, Gorbo ! Déjà de retour ?

– Juste à temps pour la fête de ce soir… C'est du Gorbo tout craché !

– La reine sait-elle qu'il est rentré ?

Lorsque les Snergs n'ont pas vu un ami depuis plus de dix minutes, ils se saluent en croisant les poignets, joignant les mains et tournoyant en cercles. Cela mène à des rassemblements fort énergiques qui ne sont pas sans danger pour les passants. Alors que la foule était de plus en plus nombreuse à accueillir Gorbo, Pip et Flora se retrouvèrent eux aussi pris dans la mêlée. Ils entrèrent dans la ronde jusqu'à ce qu'ils aient le tournis et le souffle court. Après avoir repris leurs esprits en clignant des yeux, les enfants observèrent autour d'eux le joyeux fouillis qu'est un village de Snergs.

Les Snergs sont de grands bâtisseurs. Quand leur famille s'agrandit (c'est aussi valable pour leur collection de ficelles, de confitures, de cailloux dignes d'intérêt ou de bricoles qui pourront servir un jour), ils construisent des extensions. Si la place au sol vient à manquer, ils les bâtissent en hauteur. Il arrive parfois qu'une extension qui part du rez-de-chaussée, du premier ou du deuxième étage en rencontre une autre appartenant à la maison d'en face ou d'à côté. Ainsi se forme un réseau de ponts et de passages bien pratiques pour les voisins sympathiques.

À cet instant, on aurait dit que chaque fenêtre, chaque balcon et le pas de chaque porte était occupé par un Snerg.

– Gorbo ! Quelles sottises est-ce que tu mijotes ?

Un Snerg très âgé, qui soignait sa jardinière dans les hauteurs d'un bouleau, agita son arrosoir à l'intention de Gorbo.

– Et qu'est-ce que tu nous amènes ? demanda-t-il en observant Flora. Elle a les jambes drôlement longues. Ce n'est pas une Varech, au moins ?

– *Varech… Varech…*

Le chuchotement bruissa à travers le village et les Snergs s'écartèrent.

– Évidemment que ce n'est pas une Varech ! s'offusqua Gorbo, outré. Ce sont des amis de Sunny Bay. Ils appartiennent à miss Watkyns… Alors surveille ton langage !

– *Miss Watkyns… Miss Watkyns…*

Cette fois-ci, les murmures étaient empreints de respect.

– On ne lui appartient pas, rectifia Pip. On n'appartient à personne. On est libres d'aller où on veut.

– Salut Gorbo ! lança une Snerg avec un grand sourire.

Armée d'un marteau et d'une scie, elle était assise sur un toit à pignon qu'elle réparait.

– Alors, tu l'as vue, l'avisée Watkyns ? s'enquit-elle. A-t-elle fait de toi un Snerg raisonnable ?

– C'est *miss* Watkyns, et bien sûr que je l'ai vue. Nous sommes de grands amis, elle et moi, affirma Gorbo, pas tout à fait honnête.

– Dans ce cas, pourquoi es-tu revenu ? Sait-elle que tu as volé deux de ses demi-Nouilles ?

– Je ne les ai pas *volées*, rétorqua Gorbo. Elles sont venues rendre visite à notre reine. Ce noble ours les a portées une bonne partie du chemin.

Au bord de la longue rue principale se dressait un petit étal chargé de paniers de pommes. Une Snerg aux joues roses était assise derrière. Elle-même ressemblait beaucoup à une pomme.

– Une pomme pour l'ours, s'il vous plaît, miss Mopsa.

Gorbo plongea la main dans la poche de sa culotte et en extirpa une poignée de coquillages qu'il avait ramassés sur la plage, à Sunny Bay. Tandis que la Snerg choisissait celui qu'elle préférait, l'œil de Gorbo tomba sur un assortiment de tartelettes aux fruits.

– Une pour l'ours, une pour chacun de mes amis – sans oublier la petite boule de poils – et une pour moi, ce qui fait cinq tartelettes au total. Comme c'est un chiffre très bizarre et un peu piquant, on va en prendre deux chacun, ce qui nous fera un beau dix bien rond.

– Dix tartelettes vous coûteront plus de coquillages qu'il ne m'en faut, répliqua Mopsa. Racontez-nous une histoire, monsieur Gorbo. Si elle est passionnante, je vous donnerai *toutes* les tartelettes.

Chez les Snergs, la coutume veut qu'on paie ses courses en histoires. Les jours de marché, cela engendre de longues files d'attente, mais comme tout le monde raffole des histoires, ce n'est pas trop gênant. De plus, elles ont un côté pratique : contrairement à l'argent, on n'en est jamais à court.

– Une histoire ! Une histoire !

Une foule de petits Snergs déferla entre les pattes de l'ours et vint s'asseoir en tailleur aux pieds de Gorbo.

– On reste tranquille et on ne couine pas ! leur ordonna Gorbo. Ainsi commence la terrible histoire de Golithos, l'ogre à l'haleine putride et aux crocs acérés…

– Mais Gorbo, tu nous l'as déjà racontée la dernière fois, se plaignit l'un des Snerguelets.

– Et la fois d'avant ! renchérit un autre.

– C'est toujours la même, constata la Snerg perchée

sur le toit avant d'enfoncer un clou avec son marteau. Il n'en connaît pas d'autres.

– Une bonne histoire, c'est comme un bon gâteau : ça vaut le coup d'y revenir, se justifia Gorbo, vexé.

– À ta place, Gorbo, j'éviterais de parler de gâteau ! s'écria quelqu'un dans la foule. Surtout après ce que tu as fait à la reine !

À cette réplique, des rires fusèrent, puis des acclamations résonnèrent quand Gorbo, téméraire, grimpa d'un bond sur l'étal de Mopsa, écartant les bras.

– Chers amis, chers Snergs, cher ours… Prêtez-moi une oreille attentive. Je vais vous raconter une nouvelle histoire : celle du brave Gorbo et de ses aventures par-delà les bois, dans le Merveilleux Pays de miss Watkyns, où la mer scintille au soleil, les dauphins bondissent et les crabes marchent… en crabe.

Son auditoire leva vers lui des yeux ronds pleins d'attente. Sauf que Gorbo n'alla pas plus loin. Au son d'une corne, la foule s'agita et se fendit pour laisser place à un Snerg carré, coiffé d'une casquette ornée d'une immense plume, dont l'expression du visage signifiait « Je suis quelqu'un d'important ».

Le Snerg s'arrêta devant Gorbo.

– Es-tu bien Gorbo, de la Maison Mal Bâtie près du Hêtre ?

– Tu sais parfaitement que c'est moi, Pompo ! s'agaça Gorbo. On se connaissait déjà quand on était des Snerguelets.

– C'était il y a longtemps, nuança Pompo avec un reniflement méprisant. À présent, je suis le messager le plus grandiloquent et le plus melliflu de Sa Majesté. J'ai un message pour toi. À manipuler avec précaution, ajouta-t-il en passant à Gorbo un objet plat et rectangulaire. Le glaçage n'a pas encore pris.

Chez les Snergs, il est courant de communiquer par biscuits. Avec un peu de chance, le courrier arrive entre le petit déjeuner et le déjeuner, au moment où vous commencez à avoir faim. Vous pouvez ainsi manger vos lettres après les avoir lues. La reine emploie des scribes pâtissiers pour écrire en glaçage, d'une jolie écriture cursive, ses souhaits et requêtes. Alors que Gorbo fixait son biscuit, des murmures compatissants s'élevèrent parmi les villageois.

– Pauvre vieux Gorbo, à peine rentré, il a déjà des ennuis…

– Un biscuit de la reine ? Ce doit être une non-invitation à la fête.

– Pas de chance, Gorbo.

– Donc elle sait que je suis de retour…, dit Gorbo, l'air un peu angoissé.

– Évidemment ! s'exclama Pompo. Sa Royale Splendeur est omniprésente, omnisciente… et omnivore. Pour ceux qui auraient des lacunes en vocabulaire, poursuivit-il en jetant un regard méprisant à Gorbo, ça signifie qu'elle est partout, qu'elle sait tout et qu'elle mange…

– De tout, je sais, compléta Gorbo. Je ne suis pas aussi bête que tu le crois. Alors tu peux prendre tes mots ronflampoulés, Pompo, et te les fourrer dans le nez !

Pompo haussa les épaules.

– Quoi qu'il en soit, dit-il d'un air un peu moins hautain, c'est le guetteur qui t'a repéré.

Tout le monde leva les yeux, la main en visière pour se protéger de la lumière du soleil qui dansait à travers les feuilles. Dans les branches les plus hautes de l'arbre le plus haut se trouvait une plateforme construite avec des brindilles, pareille à un grand nid d'oiseau. Dessus, une petite silhouette les observait de son poste.

Gorbo regarda son biscuit. Il soupira. Le glaçage n'était pas encore figé et certaines lettres avaient bavé. Mais peu importait : il savait ce qu'elles disaient.

La reine donnait une fête chaque fois que l'envie lui en prenait, c'est-à-dire souvent. Tout le village était convié, à l'exception de ceux qui avaient la malchance d'avoir récemment déplu à Sa Majesté. Ce faisant, il était plus facile (et plus économique en matière de biscuits) d'envoyer uniquement des non-invitations. Ce n'était pas la première fois que Gorbo en recevait une.

C'est avec une grande cordialité que
Mercy, reine du pays des Snergs et de ses Environs,
N'invite PAS
Gorbo de la Maison Mal Bâtie près du Hêtre
à la fête de ce soir.
(Même lieu, même heure que d'habitude. Reste chez toi.)

– Tu ne peux pas y aller, insista Pompo pour remuer le couteau dans la plaie. Toutefois, Sa Resplendissante Reinitude exige de te voir. Elle veut également voir les demi-Nouilles. Je dois vous escorter jusqu'au Chêne royal.

– Tout de suite ? s'enquit Gorbo, nerveux.

– Je ne peux pas faire attendre Son Impériale Impatience, rétorqua Pompo. On s'active !

CHAPITRE 14

Le palais de la reine avait été érigé autour d'un grand chêne en expansion. Grâce aux ponts en toiles d'araignées et aux passages qui permettaient d'y accéder, des personnalités importantes (tels le Chancelier des pots de confiture ou le Gardien en chef des autruches) pouvaient être convoquées au plus vite en cas de besoin. Plus haut encore, un guetteur était posté dans un nid vingt-quatre heures sur vingt-quatre afin que la reine soit tenue informée des visites surprises de beleuils, gobelins et autres visiteurs inopportuns. Elle aimait savoir que les Snergs vaquaient à leurs occupations dans la joie et la bonne humeur. Dès qu'on lui rapportait qu'un de ses sujets était en détresse (qu'il se soit cogné un orteil ou ait perdu sa liste de courses), les services d'urgence se mobilisaient aussitôt pour prodiguer encouragements et réconfort, le tout accompagné d'une part de gâteau.

Pompo guida la petite troupe le long d'un nombre incalculable de marches qui montaient en spirale autour du tronc du chêne, jusqu'à une haute plate-forme menant à une imposante double porte. Pip eut un moment de panique en apercevant les Snergs en contrebas, le visage levé vers eux : il se revit brusquement au cirque, à l'époque où il pratiquait le trapèze. Pompo souffla dans sa corne.

–Tu nous casses les oreilles, Pompo, le réprimanda une voix venant de l'intérieur. Ne pourrais-tu pas frapper à la porte, comme tout le monde ?

Une fois les battants ouverts, Pompo se racla la gorge.

–Votre Magnifique Majesté, exquise et supercoquentieuse souveraine Mercy, reine du Pays des Snergs et de ses Environs…

– Crâneur, marmonna Gorbo.

– Je vous amène Gorbo de la Maison Mal Bâtie près du Hêtre, deux demi-Nouilles, ainsi qu'un animal non identifié.

Ne sachant guère à quoi s'attendre, Pip et Flora restèrent aux côtés de Gorbo. La royauté a parfois des réactions imprévisibles, même lorsque sa puissance est limitée. Dans la salle, l'air était frais et tacheté de lumière. Les volets grands ouverts laissaient entrer des branches feuillues à l'intérieur. Sur l'une d'elles, il y avait même un nid plein d'oisillons qui s'égosillaient. Drapée dans une cape de plumes, la reine siégeait sur un trône en chêne. Sa petite taille était compensée par la haute couronne de bois poli qui s'élevait sur sa tête, sculptée en forme de long cou d'oiseau surmonté d'un bec féroce, avec des yeux incrustés de pierres précieuses. Comme il ne sied pas à une reine de laisser ses jambes pendre dans le vide, ses pieds reposaient sur un coussin recouvert de plumes.

Gorbo s'inclina si bas qu'il finit presque plié en deux, ses poings serrés placés au sommet de son crâne comme l'exigeait le salut snerg. Par politesse, Pip et Flora l'imitèrent.

– Je vous salue, ô Majesté multidimensionnelle, déclara Gorbo avec respect. Que votre ombre soit toujours large.

– Gorbo, répliqua la reine d'une surprenante voix grave pour une personne de si petite taille, tu es comme une mouche pénible qui revient sans cesse bourdonner à mes oreilles. N'avais-tu pas reçu l'ordre de quitter le pays des Snergs pour nous laisser le temps de nous remettre de tes bêtises ?

– Hum…, hésita Gorbo d'une voix légèrement étouffée du fait qu'il avait toujours la tête en bas.

Pompo se racla de nouveau la gorge.

– Le trente-troisième jour du mois précédant le mois qui a suivi le pénultième mois d'avant, récita-t-il, toi, Gorbo de la Maison Mal Bâtie près du Hêtre, as été accusé d'outrage à Sa Majesté Mercy, reine des Snergs, puis déclaré coupable de Désordre à table et de Dégradation de desserts. Par conséquent, dorénavant renommé Gorbo le Gaffeur, tu as été banni de ce royaume et n'étais pas censé y revenir – du moins pas tant que Sa Magnanime Majesté s'en souviendrait.

– Tu dois penser que j'ai la mémoire courte, fit remarquer la reine. Tu peux te redresser. Comment veux-tu que j'aie une conversation digne de ce nom avec l'arrière du crâne de quelqu'un – même si, dans ton cas, je doute qu'il y ait une grande différence ? Qui sont tes compagnons ?

– Des amis de passage, ô la plus qualifiée des monarques quadrilatéraux, répliqua Gorbo après s'être relevé, les joues rosies. Ils viennent de Sunny Bay.

– Les amis de miss Watkyns sont toujours les bienvenus ici, déclara la reine.

L'air songeur, elle observa ses invités débraillés et griffés par les ronces, leurs vêtements en loques et leurs cheveux hérissés de feuilles et de brindilles.

– Miss Watkyns doit avoir une haute opinion de ton bon sens, Gorbo, pour t'avoir confié la responsabilité de deux de ses jeunes pensionnaires pour un trajet aussi long et périlleux. Pourquoi cela me surprend-il ?

– Un trajet périlleux en effet, Votre Royale Robustesse, approuva Gorbo. Des ours rendus fous par le miel, des abeilles furieuses, des beleuils… Je ne sais pas ce qui leur serait arrivé si je n'étais pas tombé sur eux…

Voyant la reine froncer les sourcils sous sa couronne de bois, il n'acheva pas sa phrase.

– Deux petites Nouilles qui erraient dans la forêt, livrées à elles-mêmes ? s'étonna la reine. Miss Watkyns ne l'aurait jamais autorisé. Il y a quelque chose qui cloche. Gorbo, je sais que ton cerveau n'est qu'un entrelacs de galeries creusées par les vers de terre et les perce-oreilles – et je suppose que tu n'y peux rien, c'est pourquoi je te supporte –, mais même toi, tu ne serais pas assez bête pour m'amener des *fugueurs* ? Il ne t'est pas venu à l'idée de reconduire ces enfants là où est leur place ?

– Il a essayé, Votre… euh… Majestitude, intervint Pip pour soutenir Gorbo. On a refusé. Il n'a pas pu nous forcer. Et on n'a pas fugué – en tout cas, pas exprès. Si on était dans les bois, c'est juste parce que la dame en violet a tenté d'enlever Flora…

– La dame en violet ?

La reine se pencha en avant et posa sur Pip des yeux vifs et brillants.

– Quelle dame ?

– Elle faisait semblant d'être gentille, expliqua Pip, alors qu'en fait elle était méchante. Elle a enlevé Flora puis, quand elle l'a laissée s'échapper, elle a envoyé quelqu'un appelé Gubbins flairer sa piste.

– Celle qui porte du violet…

La reine fronça les sourcils en pianotant sur les accoudoirs de son trône.

– Celle-là, ça fait bien longtemps qu'on ne l'a pas vue dans les parages. Et comment a-t-elle pu se rendre à Sunny Bay alors que le portail est clos et qu'elle ne peut le franchir ? s'enquit-elle en fronçant encore plus les sourcils. Gorbo, même toi, tu ne serais pas repassé par l'If unique en oubliant de refermer le portail derrière toi, n'est-ce pas ?

Gorbo secoua vigoureusement la tête.

– Non, Votre Majestuosité, je n'aurais pas… Je ne pourrais pas… Je n'ai pas… Je…, bafouilla-t-il.

Peu à peu, il cessa de faire non de la tête pour se mettre à acquiescer.

– Il se peut que… que… oui, reprit-il en se laissant tomber à genoux, rongé par la culpabilité et terrassé par le regard noir de la reine. J'ai oublié.

– Gorbo, qu'as-tu fait ? s'emporta la reine en se carrant de nouveau sur son trône. Si l'If unique reste ouvert, n'importe qui – n'importe *quoi* – peut passer au travers ! Si des problèmes surviennent – si du mal est fait –, ce sera ta faute ! Je dois prévenir miss Watkyns, qu'elle sache que ses deux petits sont avec nous, en sécurité. Pompo, je vais avoir besoin d'une autruche et d'une autruchienne. Je n'ai pas entendu parler de ce Gubbins. Espérons qu'il aura perdu la piste. Je vais renforcer notre équipe de guetteurs, au cas où.

Quand Pompo ouvrit les portes en chêne, un tas de Snergs s'écroula dans la salle. Tous voulaient épier la scène à travers le trou de la serrure pour voir Gorbo se faire remonter les bretelles. Alors qu'ils se relevaient, Tiger s'échappa soudain des bras de Flora ; il fonça en bondissant vers le coussin de plumes, sous les pieds de la reine. Brutalement tiré de sa sieste, le coussin releva la tête, jusque-là calée sous son aile. Pip et Flora le regardèrent se déplier de toute sa hauteur, les surplombant largement. Tiger recula, la queue entre les jambes, quand l'oiseau frappa le sol de sa large patte, son long cou étiré, et observa le chiot avec des yeux cruels semblables à deux billes pourvues de cils.

– Maîtrisez ce chien ! ordonna la reine. Débarrassez-vous-en ! Il harcèle M. Mordipigner. Gorbo, aurais-tu oublié le châtiment réservé à ceux qui contrarient une autruche ?

– Oh non, Votre Impartiale Impériosité : pendu par les pieds puis fessé avec un poisson mouillé, murmura Gorbo, l'air profondément contrit.

– Ce n'est pas la faute de Gorbo, s'empressa d'intervenir Pip. Tiger n'est qu'un chiot ; il n'est pas encore bien dressé. Il n'a personne pour s'occuper de lui, à part nous.

Caressant la tête de son autruche, qui s'était repliée en maugréant pour former un tas de plumes à ses pieds, la reine considéra longuement les orphelins. Elle pouvait rester longtemps sans cligner des yeux. Les enfants retinrent leur souffle.

– Je pense que vous avez bon cœur, décréta-t-elle enfin. La bonté est toujours la bienvenue ici. Vous avez assez voyagé pour la journée. Demain, mes autruchiennes vous escorteront jusqu'à Sunny Bay. Ce soir, vous serez nos invités. Pompo, rappelle-moi : que célébrons-nous cette fois-ci ?

Pompo s'éclaircit la voix.

– Le Chancelier des pots de confiture a retrouvé les chaussettes qu'il avait égarées, Votre Majesté.

– Voilà un prétexte bien médiocre pour faire la fête, déplora la reine. Personne n'a rien trouvé de mieux ?

Oublions les chaussettes du Chancelier ! La fête aura lieu en l'honneur de nos amis, les demi-Nouilles, qui ont fait le long trajet depuis Sunny Bay pour nous rendre visite.

Les Snergs rassemblés l'acclamèrent.

– Merci, Votre Merveilleuse Majesté, dit Pip en s'inclinant comme au cirque du mieux qu'il put tandis que Flora saluait la reine d'une révérence. Mais… est-ce que Gorbo pourrait venir ?

Le sourire de la reine Mercy s'effaça instantanément. Les applaudissements moururent.

– Gorbo ne sera invité à aucune fête tant qu'il n'aura pas prouvé qu'il est devenu un Snerg posé et raisonnable, proclama la reine. Il passera la soirée à nettoyer l'abri des autruches.

– Oh, s'il vous plaît ! supplia Pip. Gorbo nous a sauvé la vie. Il est venu à notre secours quand on s'est fait attaquer par les beleuils. Il y en avait des centaines !

Gorbo rougit.

– C'est miss Flora qui connaissait ses tables de multiplication, tempéra-t-il. Et les beleuils auraient été beaucoup moins nombreux si je n'avais pas été aussi empoté du ciboulot quand… Aïe !

Flora venait de lui donner un coup de pied pour le faire taire.

– En plus, insista Pip, comme on mourait de faim, Gorbo nous a donné ses tout derniers pancakes !

Un hoquet de stupeur se répandit. Des murmures s'élevèrent parmi les Snergs, à la porte.

– Ses tout derniers pancakes ! Vous vous rendez compte ?

– Gorbo leur a donné *ses tout derniers pancakes* !

Même la reine avait l'air impressionnée.

– C'était une noble action, concéda-t-elle. Finalement, ton cas n'est peut-être pas aussi désespéré, Gorbo. Je t'autorise à venir à la fête. Toutefois, à minuit, tu devras être de garde à l'abri des autruches. Si je te vois passé cette heure, ce sera fessée et poisson mouillé ! Compris ?

– Oui, ô Magnéléphantasmagorique Majesté ! s'exclama Gorbo en souriant jusqu'aux oreilles. Vous aurez mon éternelle reconnaissitude. Je me tiendrai toujours convenapoliment !

– Hmf, grommela la reine. Je demande à voir.

CHAPITRE 15

Les préparatifs de la fête battaient leur plein. Les Snergs transportaient des tabourets et de longues tables en bois qu'ils alignaient le long de la rue, du Chêne royal à la place du marché.

– Flora, regarde ! se réjouit Pip en applaudissant. Finalement, on va l'avoir, notre pique-nique. C'est encore mieux que l'île aux Macareux !

De la ficelle avait été tendue entre les maisons. On y avait accroché des bandes d'étoffe et des rubans colorés. L'air embaumait les bonnes choses à venir : on aurait dit que, derrière chaque fenêtre, un Snerg fouettait de la pâte sucrée, la roulait ou la pétrissait.

– On est presque arrivés, répliqua Gorbo. J'habite juste là, après ces arbres.

Il désigna une rangée de hêtres et ajouta :

– Ça tombe un peu en ruine, hélas.

Les enfants l'encadraient avec Tiger qui trottinait au bout d'une ficelle. La reine avait pardonné au chiot (elle avait même demandé aux cuisines qu'on lui fasse porter des restes de viande), à condition qu'il soit tenu en laisse et cesse d'embêter les autruches.

La maison de Gorbo se composait de tourelles empilées les unes sur les autres, comme des poivrières mal entreposées, étranglées par des plantes grimpantes ainsi qu'une belle quantité de ficelle. L'intérieur était gai bien que recouvert de sciure ; sur les murs, il y avait de petites coquilles d'escargots colorées, des galets polis et des portraits à l'encre de Snergs souriants.

Flora empêcha juste à temps Tiger de manger le biscuit sec posé sur le paillasson de Gorbo.

– Les campagnols ont déjà commencé à se servir, fit remarquer Gorbo en inspectant les bords rongés.

Il observa le glaçage en pattes de mouche.

– C'est une lettre de tante Flumper, précisa-t-il.

Là-dessus, il la donna directement à Tiger, qui se fit une joie de l'avaler.

– Tu vis tout seul ? voulut savoir Pip.

Gorbo acquiesça.

– Il n'y a que moi, oui. Sauf quand un oiseau tombe dans la cheminée. Parfois, c'est une écurette, mais on ne peut pas leur faire confiance. Elles cachent vos pantoufles et laissent des marques de dents dans le fromage. Autrefois, j'avais des parents… Ma mère faisait partie des autruchiennes de la reine.

D'un geste de la main, il montra les portraits accrochés au mur.

– La voici.

Pip et Flora observèrent le dessin d'une Snerg qui enlaçait le cou d'une autruche. Un minuscule Snerguelet était perché sur le dos de l'oiseau.

– Et là, c'est toi, Gorbo ?

Gorbo approuva d'un hochement de tête.

– Ma mère était une Snerg remarquable.

Son expression s'assombrit.

– Elle est morte en remportant le grand championnat annuel du plus gros mangeur de tartes. Elle s'est étouffée avec un noyau de cerise lors de son ultime bouchée. Nous l'avons enterrée entourée de pâtisseries. C'est ce qu'elle aurait voulu. Moi, je tiens plutôt de mon père.

Il pointa un doigt vers un large Snerg souriant vêtu d'un tablier.

– Voici Bombance l'Empoté. Il était boulanger, jusqu'au jour où il a glissé sur son rouleau à pâtisserie et a chuté de la cuisine.

– C'est possible, de chuter d'une cuisine ? le questionna Pip, dubitatif.

– Rien de plus simple, lui assura Gorbo. Il suffit que la cuisine soit très en hauteur et qu'on n'ait pas eu le temps de bâtir les murs autour. Après cet accident, c'est ma tante Flumper qui m'a recueilli. D'une nature sérieuse, elle préfère vivre au calme, en dehors du village. Elle n'approuve pas trop les fêtes ni les distractions.

– Si tu n'as plus ni père ni mère, ça fait de toi un orphelin. Comme nous, fit remarquer Pip.

– Effectivement, confirma Gorbo en se grattant la tête. Moi, Norphelin, voyez-vous ça ! Ce n'est pas si terrible… tant qu'on l'est à plusieurs. Tenez, voilà un seau pour vous laver. Ne faites pas attention aux têtards.

Là-dessus, il s'engagea dans l'escalier branlant, auquel il manquait un certain nombre de marches.

– Je trouverai sûrement assez de vêtements pour nous trois.

Les enfants portaient encore l'uniforme réglementaire bleu et blanc de Sunny Bay. C'était la reine qui avait suggéré (fort poliment) qu'ils se changent pour la fête après un brin de toilette. Dans son ancienne vie d'artiste de cirque, Pip avait eu des contacts limités avec le savon ou la brosse à cheveux. En revanche, la mère de Flora (qui avait aimé voir sa fille crouler sous les rubans et les fanfreluches) aurait peut-être eu du mal à reconnaître la petite souillon débraillée, les genoux écorchés, sa jupe déchirée et ses cheveux parsemés de brindilles. Une demi-heure plus tard, elle ne l'aurait pas du tout reconnue.

– Hé, Flora ! s'exclama Pip en souriant. Tu t'es transformée en Snerg !

Et alors ? Ajustant sa casquette, la fillette le regarda de la tête aux pieds. *Toi aussi !*

Adeptes de la simplicité, les Snergs ne perdent pas de temps. Ils portent la même tenue pour toutes les occasions : une culotte, une tunique et une casquette en forme de galette, le tout dans une palette de teintes végétales allant du vert au marron. Les vêtements de rechange de Gorbo, un peu larges pour Pip et trop courts pour Flora, faisaient l'affaire. La fillette avait de trop grands pieds pour une Snerg. Gorbo assembla des morceaux de cuir qu'il attacha autour de ses chevilles avec de la ficelle.

– De vrais Snergs, approuva-t-il en inspectant les deux enfants. Un peu trop maigres tout de même. Et il va falloir arrêter de grandir, miss Flora. Toutefois, ça ira.

En tant qu'invités d'honneur, Pip et Flora furent placés à la table de la reine.

– Pas toi, Gorbo, trancha Pompo d'un ton autoritaire en désignant une table si éloignée qu'elle était presque tout en bas de la rue. Ta place est là-bas.

Sans Gorbo à leurs côtés, les enfants se sentirent un peu seuls. Cependant, ils étaient assis près de Mopsa, la marchande de pommes, et d'un jeune Snerg timide appelé Wilmus.

– Wilmus est l'apprenti du Fabricant de ficelle attitré de la reine, précisa Mopsa en faisant les présentations. Il ne dit pas grand-chose et son sujet de prédilection est la ficelle. S'il vous ennuie trop, fourrez-lui une patate dans la bouche.

La reine fut descendue à travers les branches du Chêne royal sur une plateforme spéciale actionnée avec de la ficelle. Perchée sur son autruche, elle avait l'air très majestueuse dans sa cape de plumes, coiffée de sa haute couronne. Tous les Snergs se levèrent, entrechoquant leurs pintes d'hydromel pour entonner l'hymne des Snergs :

La bonne reine Mercy vient au village
Sur son autruche au noble plumage.
Nous les Snergs lui rendons hommage
En mangeant des sandwichs, c'est plus sage !

Des montagnes de nourriture étaient empilées partout : sur les tables, par terre, en équilibre dans les hamacs accrochés aux branches. Chacun se servait, se resservait avant de se resservir encore. Çà et là, des autruches se pavanaient, tendant leur long cou pour picorer dans les assiettes. Personne n'osait repousser les oiseaux de la reine. (On avait laissé Tiger rêver de ses aventures chez Gorbo pour qu'il ne soit pas tenté.)

Wilmus avait sorti de ses poches une pelote de ficelle emmêlée. Il apprenait à Flora à faire des nœuds : le Serpent étrangleur, le Ver tisseur et l'Inindénouable.

– Et l'ours, où est-il passé ? demanda Pip à Mopsa.

– Il a mangé presque toutes les pommes et toutes les tartes, répondit-elle, puis il est parti dormir. Si tu le lui demandes gentiment, demain il vous portera jusqu'à Sunny Bay.

Quand tout le monde eut le ventre trop plein pour soutenir une conversation sensée, les tambours résonnèrent et les violons s'enflammèrent. La table la plus éloignée était particulièrement bruyante : des cris de joie s'élevèrent, suivis d'un fracas sonore. Gorbo avait parié qu'il pouvait faire le poirier sur une pyramide de pots d'hydromel. Hélas, il avait perdu. La reine se contenta de soupirer en secouant la tête.

Les petits Snerguelets furent envoyés au lit. Les pintes d'hydromel s'entrechoquèrent de plus belle. Un ou deux Snergs tombèrent de leur chaise. Des voix chantèrent :

Qu'il est bon d'être un Snerg, dans ce merveilleux pays,
De petite taille mais grands de cœur, on forme une bande d'amis !
On fait la fête, de jour comme de nuit,
On s'arrête quand le pudding est fini…

– Le pudding ! brailla une voix surexcitée à la table la plus éloignée – celle de Gorbo, bien sûr.

On chantera jusqu'à être sec du gosier,
On dansera jusqu'à avoir des cloques aux pieds !
Aucun vrai Snerg n'ira sous la couette
Sans s'être d'abord tenu sur la tête…

Quand au mot « tête », la musique s'interrompait, tout le monde devait bondir de sa chaise pour se tenir en équilibre sur la tête. Si vous chanceliez ou si vous tombiez avant que la musique reprenne, vous étiez éliminé. (Il est important de souligner que les Snergs ont un estomac extrêmement résistant. Pour les autres, après un repas trop copieux, ce jeu peut mal finir.) En tant qu'arbitre, la reine restait assise. Ce n'est pas facile de faire le poirier quand on porte une très haute couronne. Flora fut rapidement éliminée. En revanche, pour Pip, le jeune acrobate, rien de plus simple : il était habitué à voir le monde à l'envers. Finalement déclaré vainqueur, il fut porté en triomphe à bout de bras de table en table. Parvenu à la dernière, il chercha Gorbo du regard, en vain. *C'est aussi bien*, songea Pip, car la lune était presque arrivée à la cime du chêne. Il devait être minuit passé, l'heure pour Gorbo de surveiller l'abri des autruches.

Il y eut d'autres danses endiablées avec moult tourbillons, collisions et casse. Quand chacun eut son compte, complètement étourdi, on réclama une histoire.

– Une histoire ! Une histoire !

Les pintes d'hydromel martelèrent les tables en rythme.

– On ne peut pas aller se coucher sans une histoire, pas vrai ? Où est-elle ? Qu'on nous amène le Puits à histoires !

Le Puits à histoires se révéla être une vénérable Snerg. Ses longs cheveux pendouillaient sous sa casquette en forme de galette. Cela dit, ses yeux pétillaient encore. On la porta sur une table où elle oscilla, son visage ridé tourné vers le clair de lune.

– Attendez, chuchota Mopsa à l'intention des enfants. Elle est en pleine transe…

Soudain, la vieille Snerg tressaillit et se redressa. Elle se mit à parler d'une voix qui affluait comme les vagues sur la plage de Sunny Bay. L'histoire qu'elle raconta fut la même que celle que Gorbo avait commencée plus tôt ce jour-là : celle de l'ogre Golithos, aux crocs acérés et à l'haleine putride, féroce félon friand d'enfants frits.

– Elle la raconte mieux que Gorbo, commenta Mopsa.

Mais Pip et Flora ne l'entendirent pas : aussi épuisés que repus, bercés par la musique comme par la voix de la vieille Snerg, ils dormaient profondément.

CHAPITRE 16

Dans le rêve de Pip, Flora et lui chevauchaient des ours. Il sentait leur fourrure chaude, leur balancement cadencé et leur parfum de cannelle. Ensemble, ils franchirent le haut portail en fer de Sunny Bay. Alignés de part et d'autre sur leur passage, des orphelins les admiraient, le regard envieux. Tout au bout de la haie d'honneur, miss Watkyns attendait…

Soudain, ses rêves d'ours, secoués, se dissipèrent. Pip ouvrit les yeux. Dans la lueur perlée de ce nouveau jour, parmi les chants d'oiseaux, il vit des feuilles au-dessus de lui. Il ressentit une nouvelle secousse. Lorsqu'il voulut s'asseoir, il moulina des bras et atterrit au sol avec un *houmph!*

Face à lui, il découvrit les vestiges de la fête de la veille : les longues tables en bois, les tabourets renversés et les assiettes qui ne contenaient plus que des miettes. En hauteur, un hamac tanguait. Les Snergs adorent les hamacs ; ils en accrochent un peu partout entre les arbres, comme on trouve des bancs dans un parc. Lorsque les festivités s'étaient enfin achevées, aux petites heures du matin, la reine avait veillé à ce que les enfants endormis soient bien installés pour finir leur nuit.

Pip battit des paupières. Flora se tenait debout au-dessus de lui, sa casquette de Snerg enfoncée sur ses cheveux bouclés.

– C'est toi qui viens de me faire tomber ? demanda-t-il.

– Tiger, répondit Flora.

Elle tenait un bout de ficelle effiloché. Sans chien au bout.

– *Tiger*, répéta la fillette.

– Eh bien, quoi ? s'enquit Pip en bâillant. Flora, tu sais que tu recommences à parler ?

Depuis leur confrontation avec les beleuils, la fillette n'avait plus dit un mot. Elle savait qu'un changement se produisait en elle. Quelque chose de froid et dur commençait à se fendre, comme la glace de la banquise après un hiver arctique. La nuit précédente, pendant que les Snergs chantaient à plein gosier, elle avait senti sa gorge frémir, désireuse de joindre sa voix aux chœurs. Craignant le résultat, elle avait pressé les lèvres pour se taire.

La glace mettait du temps à fondre, mais là, il y avait urgence. Descendue de son hamac de bonne heure, Flora avait été la seule debout dans le village endormi. Comme Tiger lui manquait, elle s'était rendue discrètement chez Gorbo et avait trouvé la maison vide. Après avoir mâchonné la ficelle qui l'entravait, le chiot s'était fait la belle.

– Il a disparu.

– Il est peut-être avec Gorbo, dans l'abri à autruches, suggéra Pip en se levant. Allons voir.

Des Snergs entassés les uns sur les autres ronflaient un peu partout, là où le sommeil les avait surpris. Les enfants zigzaguèrent entre les dormeurs. Arrivés au bout de la rue, ils se demandaient quelle direction emprunter quand ils virent Gorbo leur faire signe de la main.

– Bien le bonjour à vous ! s'exclama joyeusement le Snerg. Quelle nuit ! J'ai dû repousser une écurette – du moins, je crois que c'en était une ; elle était longue et sinueuse. Difficile à dire, dans le noir. Elle lorgnait les œufs. Heureusement pour moi, l'une des autruches s'est réveillée et lui a décoché un coup de patte qui l'a envoyée jusqu'à la semaine prochaine. C'est l'heure du petit déjeuner ?

– Gorbo, est-ce que tu as vu Tiger ? l'interrogea Pip. On l'a perdu…

Avant même qu'il ait fini de parler, ils entendirent des aboiements familiers. Tiger n'était pas loin… Il avait trouvé une nouvelle proie à pourchasser. Le bruit venait d'un endroit où les arbres poussaient plus densément et les ombres étaient plus profondes. Pip et Flora s'élancèrent dans cette direction.

Gorbo resta en arrière.

– Ah, dit-il. Hum…

Les enfants s'immobilisèrent, le regardant par-dessus leur épaule.

– Quoi ?

– En général, on évite d'aller par là, expliqua Gorbo.

– Pourquoi ?

– Ce chemin va là où on n'a pas envie d'aller, répondit le Snerg en refermant les doigts sur son gland porte-bonheur. C'est plein de créatures qu'on préférerait ne pas rencontrer…

Les aboiements de Tiger diminuaient à mesure que l'animal s'éloignait.

– Tu peux avoir peur si tu veux, lança Flora. Moi, j'y vais.

Là-dessus, elle partit en courant.

Pip se mordit la lèvre et n'hésita qu'un instant avant de suivre son amie.

– Allons bon, soupira Gorbo, lugubre. Quand la reine l'apprendra, ce sera un mois d'abri à autruches et de fessées au poisson ! Qu'y puis-je, moi, pauvre Snerg ? Je ne vais tout de même pas laisser ces demi-Nouilles livrées à elles-mêmes ! Pas quand elles vont dans cette direction. Si elles tournent là où il ne faut pas, elles vont se retrouver empêtrées dans les Arbres tordus…

– Il fait tellement sombre que je n'y vois pratiquement rien, déplora Pip.

Cela faisait un moment que le trio se frayait un chemin entre les arbres, sifflant et appelant Tiger. L'atmosphère était lourde et silencieuse, comme avant un orage. Au-dessus d'eux, de gros paquets de feuilles et de branches bloquaient le soleil.

– Ouille !

Pip buta contre une racine noueuse de belle taille.

– Aïe !

Une seconde plus tard, c'était au tour de Flora.

– Oh-oh, dit Gorbo.

Il s'était arrêté pour observer les alentours.

– Hum… Ne trouvez-vous pas que ces arbres ont quelque chose de bizarre ? s'enquit-il. Ils sont un peu retors, non ?

Un arbre est un arbre – jusqu'à ce que vous preniez le temps de vous arrêter pour l'observer avec attention. Ou jusqu'à ce qu'il se mette à vous faire trébucher et que vous ayez la nette impression qu'il le fait exprès. Les arbres alentour ne ressemblaient à aucun de ceux que les enfants connaissaient. Les feuilles ne poussaient qu'à l'extrémité de leurs épais troncs gris ; leurs branches lisses et nues s'incurvaient pour toucher le sol, enroulées comme des serpents. Le silence sauta aux oreilles de Pip.

Il n'y a aucun oiseau, réalisa-t-il. *Pourquoi ?*

– Je crois qu'il n'est pas raisonnable d'être ici, s'inquiéta Gorbo. Ces arbres ne sont pas gentils. On ferait mieux de rentrer.

– Impossible, objecta Flora. Pas sans… Aaaah !

Quelque chose venait de lui effleurer le haut du crâne avant de s'envoler, battant de ses ailes parcheminées.

Pip s'était baissé.

– C'était quoi, ça ?

– Ça ? répondit Gorbo. Une chauve-souris ! Et pas la mignonne espèce inoffensive, non. L'autre. Ce serait vraiment une excellente idée d'être ailleurs.

– Chut, écoutez…

La tête inclinée, Flora tendait l'oreille. Quelques aboiements, puis le silence.

Des branches tordues entremêlées les entouraient, leur barrant le passage.

– Maintenant, je sais ce que ressent un poisson pris dans un filet, commenta Gorbo, essoufflé, en se débattant pour se frayer un chemin. Si on arrive à sortir d'ici, je promets de ne plus jamais retourner à la pêche… Oh, voyez-vous ça !

Devant eux, une porte avait été taillée dans l'un des troncs. Elle avait de lourdes charnières en fer. Un petit visage laid à la barbe pointue faisait office de heurtoir.

– Tiger est là-dedans, indiqua Pip. Je l'entends !

Des aboiements étouffés résonnaient, comme s'ils venaient de profondeurs souterraines. Flora laissa échapper un petit cri de désespoir.

Gorbo inspecta la porte.

– Ça pourrait être un repaire de gobelins, supposa-t-il, songeur. Même si, à ma connaissance, ils ne mettent pas de heurtoirs sur leur porte d'entrée. Ils n'aiment pas les visites. Mais quelqu'un s'est donné la peine d'en fixer un ici. J'en déduis qu'il serait grossier de ne pas l'utiliser !

Personne ne répondit aux coups de heurtoir énergiques de Gorbo. Toutefois, le battant s'ouvrit en grinçant, lentement.

– Des marches ! annonça le Snerg en jetant un coup d'œil à l'intérieur. Elles descendent. Il y en a beaucoup. Ça sent vaguement le fromage. Je ferais mieux de passer le premier… au cas où.

Alors que Flora se faufilait dans le passage pour suivre Gorbo, Pip hésita. Il n'était peut-être pas très doué en orthographe ni en calcul, mais il avait suffisamment de bon sens pour savoir qu'il ne faut jamais laisser une porte sans poignée se refermer derrière soi. Il trouva une pierre ronde, assez lourde pour faire office de bloque-porte, qu'il fit rouler jusqu'au battant.

– Attendez-moi ! s'écria-t-il en s'engageant dans l'escalier pour rejoindre les autres.

N'ayant pas d'yeux derrière la tête, il ne vit pas son cale-porte se lever sur des jambes courtaudes puis s'éloigner en se dandinant.

Un simple courant d'air, semblable à un éternuement égaré, et la porte se referma dans un claquement.

CHAPITRE 16 ½

– C'était presque trop facile, déclara la femme. L'horrible sac à puces a son utilité, finalement. Il poursuivrait n'importe quoi à travers une porte ouverte.

Ramenant sur elle les pans de son châle violet, elle contempla les profondeurs de sa gelée.

– La fille est en chemin. Boucle d'or et les deux nains… à moins que je ne me trompe ? À présent, il est temps de rapprocher les papillons de nuit de la flamme. Cette odeur d'ailes brûlées, n'est-ce pas délicieux ? Et ça ne sera que le début. Je vois des volutes de fumée et des colonnes de feu s'élever très haut dans le ciel au-dessus de Sunny Bay. Et ensuite, des cendres… Rien qu'un tas de cendres. On dira que c'était « un accident tragique ». « Pauvres petits orphelins. Pauvre miss Watkyns. » Bouhou. Mon cœur saigne.

– Pauvre môman.

Le géant lui tapota légèrement le coude.

– Ne sois pas triste, môman.

– Idiot ! cracha sa mère.

Où miss Watkyns rassemble
un corps expéditionnaire
et nos vadrouilleurs se retrouvent
dans les Galeries de champignons,
habitat naturel du Morse poilu ;
Gorbo est menacé par un panais
au pays des Varechs,
et les enfants font confiance
à un bouffon rusé.

CHAPITRE 17

– Il y a un grand oiseau dans le jardin, annonça miss Scadging en passant la tête par la porte de miss Watkyns. Immense, même. Je me suis dit qu'il valait mieux vous prévenir.

D'ordinaire fort affairée, miss Watkyns avait passé l'essentiel de ces deux derniers jours assise à son bureau, perdue dans ses pensées.

Est-ce qu'elle m'écoute, au moins ? se demanda miss Scadging.

Son intervention ne resta pas sans effet. La directrice se leva pour regarder par la fenêtre. En bas, dans le jardin, une petite personne enveloppée d'une cape rouge essayait d'empêcher une autruche de manger les dahlias dans le parterre de fleurs.

– Une autruchienne royale, murmura miss Watkyns. Nous allons avoir des nouvelles. Espérons qu'elles soient bonnes.

Les nouvelles furent tout sauf bonnes. Après les avoir entendues, miss Watkyns s'assit de nouveau pour écrire un message court mais pressant à l'intention du capitaine Vanderdecken. Dehors, dans le jardin, elle trouva miss Scadging qui donnait à l'autruche des sandwichs au concombre.

– On n'a pas retrouvé les enfants ? s'enquit miss Scadging en voyant l'air sinistre de la directrice.

– Si. Malheureusement, on les a de nouveau perdus, répondit celle-ci. Il faut que ce message soit porté au *Hollandais volant*. Où est M. Gribblestone ? Avec ses longues jambes, il sera le plus rapide.

– Il est en classe, l'informa miss Scadging. Nos pensionnaires n'ont pas vraiment l'esprit à travailler, je le crains. Il fait si chaud !

Miss Watkyns jeta un coup d'œil vers le ciel d'un bleu brillant et la mer couleur saphir, mouchetée de soleil.

– L'instruction est une excellente chose, déclara-t-elle. Cependant – et c'est valable pour tout –, chaque chose en son temps. Cet après-midi, ce n'est pas le bon moment. Emmenez les enfants à la plage.

– Ils viennent de pique-niquer sur l'île aux Macareux, lui rappela miss Scadging.

– Dans ce cas, qu'ils prennent leurs carnets à croquis. On leur fera un cours d'arts plastiques, trancha miss

Watkyns. Laissez-les dessiner ce qu'ils veulent : coquillages, mouettes, voiliers, sirènes, monstres marins…

– Monstres marins ? répéta miss Scadging, interloquée.

Miss Watkyns soupira puis passa une main sur son front.

– Il y a plus de choses sur cette terre et au ciel que vous et moi sommes prêtes à accepter, miss Scadging. Le possible et l'impossible ; le réel et l'imaginaire. Nous choisissons de croire qu'il existe une frontière entre les deux. Cependant, cette frontière peut s'effacer. Les enfants naissent en le sachant. Peut-être devrions-nous cesser de chercher à les convaincre qu'ils ont tort.

Un peu plus tard, après que cent vingt-huit enfants étonnés eurent pris la direction de la plage, de lourdes bottes martelèrent le sol de l'orphelinat : le capitaine Vanderdecken apparut, suivi des membres de son équipage, un mousquet posé sur l'épaule de chaque homme. Flanquée de l'autruchienne et de sa monture, miss Watkyns les attendait.

Elle échangea une poignée de main avec le capitaine avant de jeter un coup d'œil un peu dubitatif à l'équipage.

– Êtes-vous certain que vos hommes seront capables de supporter un tel périple ?

– Tous sont pleins de haricots et gonflés à bloc, lui assura le capitaine. Un marin n'est jamais trop vieux pour l'aventure. En toute franchise, madame, je crois qu'ils commençaient à se lasser des répétitions de musique.

– Je dois vous avertir, précisa la directrice, que là où vous allez, vous trouverez peut-être des choses surprenantes…

– Quand vous avez vogué sur les sept mers, plus grand-chose ne vous surprend, répliqua le capitaine. Pirates ; îles infestées de cannibales ; monstres pourvus de mâchoires si gigantesques qu'ils peuvent engloutir un navire de la quille aux gréements : mes hommes ont tout vu. Ils ont un cœur de dragon, madame. Rien ne les effraie.

D'un geste, il désigna l'autruchienne avant de poursuivre :

– Si cette gente dame et son noble volatile acceptent de nous escorter jusqu'à son peuple, nous formerons ensemble un corps expéditionnaire qu'il ne faudra pas prendre à la légère. Nous ramènerons vos brebis égarées, miss Watkyns – parole de marin et de gentleman. Tout ce que je demande, c'est que vous gardiez un œil sur M. Plancton et M. Flétan. J'ai jugé préférable de les laisser à bord du *Hollandais* : M. Plancton souffre de ses cors aux pieds, et M. Flétan connaît un épisode de troubles digestifs. Ils ont pour mission de nourrir le perroquet et de tirer des coups de canon avec Doris la Dépouille, chaque jour à midi pile. Si je ne suis pas là pour veiller à ce que tout file droit, j'ai peur qu'il n'y ait du laisser-aller sur le pont.

Après avoir promis de rappeler M. Flétan et M. Plancton à leurs devoirs, miss Watkyns souhaita bonne chance au corps expéditionnaire, espérant un prompt retour. Dans un ultime salut, les hommes parvinrent à faire demi-tour presque sans confusion et sans se percuter les uns les autres puis se mirent en marche, suivant la queue emplumée de l'autruche.

Assise, miss Watkyns regardait dans le vague. Le poisson profita de son inattention pour dessiner des huit à toute vitesse. Le bureau de miss Watkyns était en ordre, contrairement à ses pensées : celles-ci battaient de leurs ailes noires sous son crâne.

Tu ne peux pas nier le passé et faire comme si de rien n'était…

La directrice se leva. Après avoir choisi une clé dans le trousseau qui pendait à sa taille, elle ouvrit un meuble de rangement. Elle en sortit une vieille boîte en fer en piteux état. Autrefois, celle-ci était décorée de couronnes de roses et de lys. Les couleurs avaient passé depuis longtemps ; le métal terni et bosselé était recouvert d'une croûte de ce qui ressemblait à des bernacles. Redressant les épaules, miss Watkyns prit une grande inspiration et souleva le couvercle. La boîte ne contenait pas grand-chose ; une feuille de papier pliée autant de fois que possible ; un bout de ficelle noué ; une poignée de petits coquillages, et la moitié d'un pendentif argenté en forme de cœur, attaché à un collier de perles de corail. D'une main légèrement tremblante, miss Watkyns déplia la feuille puis la lissa. L'écriture maculée de taches d'encre était enfantine. La directrice remua les lèvres en la lisant.

Quand sur l'If unique les rayons de lune brilleront,
Quand les cris de la chouette blanche et du chat noir résonneront,
Quand les chauves-souris s'envoleront et le renard glapira,
Les briques noirciront et le feu crachera.
Cendres à cendres, poussière à poussière,
Ainsi doit finir cette maison de misères.

Miss Watkyns soupira.

– C'était il y a longtemps, murmura-t-elle, et nous étions très jeunes – ce qui excuse la maladresse de ce poème.

Elle prit le collier de corail et laissa les perles rouler dans sa paume, les yeux rivés sur le petit cœur brisé.

– Oui, autrefois, l'orphelinat était un lieu de misères. Nous avions juré de provoquer sa destruction – mais il n'y a pas qu'une manière de tenir une promesse. M. Bunphatt a disparu, et depuis, les choses ont changé. Les enfants que nous recueillons ne souffrent pas autant que nous à l'époque. Je fais de mon mieux pour les protéger. Reste à l'écart, Malicia. Ne t'approche pas de Pip ni de Flora…

CHAPITRE 18

– Ça pourrait être pire, tempéra Gorbo. Au moins, on voit où on met les pieds…

Les marches qui descendaient dans l'arbre creux étaient étroites. Heureusement, les champignons vénéneux qui poussaient sur les parois humides émettaient une faible lueur verte.

La porte qui avait claqué derrière Pip était bloquée : pas moyen de la rouvrir.

– Il n'y a pas à tergiverser, reprit Gorbo. On ne peut ni rebrousser chemin, ni tourner à droite ou à gauche. On n'a pas le choix : il faut avancer.

Alors qu'ils commençaient à croire que l'escalier ne finirait jamais à force de s'enfoncer toujours plus vers le cœur de la terre, les voyageurs se retrouvèrent enfin sur un sol plat. Le couloir s'ouvrit sur une vaste grotte. Une forêt de champignons monstrueux, éclairée par les parois lumineuses, les entourait. Et là, devant eux, levant joyeusement la patte sur le pied d'un champignon, apparut… Tiger.

Le chiot les rejoignit en bondissant, remuant la queue. Il n'avait pas du tout l'air désolé des problèmes qu'il avait causés.

– Sans toi, le réprimanda Gorbo, nous serions tous en train de digérer notre petit déjeuner, à cette heure-ci ! Maintenant, nous voilà du mauvais côté des Arbres tordus, à je ne sais quelle distance sous terre, sans rien à nous mettre sous la dent que de la moisissure !

Arrivé sous un champignon, il leva les yeux vers les lamelles pâles déployées au-dessus de lui, comme un parapluie.

– Les champignons, c'est compliqué, fit-il remarquer d'un air pensif. Certains sont comestibles, d'autres pas – sauf si vous voulez tomber malade ou mourir, voire les deux. Mon grand-oncle Grumus en cultivait. Qu'avait-il l'habitude de dire ? *Points rouges sur blanc, tout fout le camp, points blancs sur rouge, rien ne bouge.* Je crois que c'était ça. À moins que ce ne soit : *Points blancs sur rouge, c'est la fin, points rouges sur blanc, un festin.* Si seulement j'arrivais à me rappeler…

– On ne serait pas tellement plus avancés, intervint Pip. Ceux-là n'ont pas de points. Par contre, quelque chose les a mangés !

En effet, les chapeaux d'un certain nombre de champignons présentaient de larges traces de morsures en forme de croissant de lune.

– Quelque chose qui a une grande bouche, observa le garçon. Regardez ces marques de dents !

– Eh bien, si quelque chose peut les manger, nous aussi ! décréta Gorbo. L'heure du petit déjeuner est passée depuis longtemps. Quitte à être perdus sous terre, autant que ce soit le ventre plein !

Il se hissa sur la pointe des pieds pour arracher un morceau du chapeau. Puis il le renifla avant de le mettre dans sa bouche et de le mâcher. Cette dernière étape se prolongea un certain temps.

– Ce serait peut-être meilleur cuit, dit-il avec bonne humeur. Une chance que j'aie sur moi ma fourchette à rôtir et un peu d'ail des ours !

Il posa le sac en filet qu'il portait sur son épaule avant d'examiner les tiges sèches qui jonchaient le sol.

– Ce qu'il nous faut à présent, c'est un bon petit feu. On a largement de quoi faire.

CHAPITRE 18 ½

– Ils font n'importe quoi, môman, se plaignit le géant en regardant dans la gelée, par-dessus l'épaule de sa mère. S'ils mangent les champignons, ils vont devoir rester en bas pour toujours.

La femme repoussa le bol taillé dans le crâne, ce qui fit trembler la gelée.

– Les Snergs ne pensent-ils donc qu'à leur estomac ?

Des éclairs dans les yeux, elle frappa le sol de son pied couvert d'un bas violet.

– Ça fait des années que j'attends ! fulmina-t-elle. J'ai établi mes plans minutieusement. Je ne laisserai pas la gourmandise de ce petit goinfre de Gorbo tout gâcher, ça non ! Où est Gubbins ? Il était censé les mener jusqu'à moi, pas les laisser se gaver de champignons enchantés !

– Mon frère Gubbins est un vilain. Il fait pas ce

qu'on lui demande, désapprouva l'ogre. Pas comme moi, mônan. Peut-être que Gubbins aussi a mangé les champignons et qu'il reviendra jamais… Moi, je ferais pas ça, mônan. Je suis sage, moi. Est-ce que je te manquerais si je devais rester dans la Galerie des champignons pour toujours ?

– Bien sûr que tu me manquerais, répliqua sa mère. Autant que me manqueraient les piqûres de puces, le cérumen ou un caillou dans ma chaussure…

CHAPITRE 19

L'odeur de champignon grillé à l'ail qui se répandit dans les galeries eut peut-être un rapport avec ce qui se produisit ensuite – à moins que ce ne soit le hasard. Qui sait ?

– Attention, c'est chaud, prévint Gorbo en tendant à Flora une tranche de champignon.

Celle-ci était juteuse, dorée par les flammes, et Flora avait faim. La fillette soufflait dessus, prête à croquer sa première bouchée, quand elle se pétrifia soudain.

Tous l'avaient entendu. *Fffrrrott... fffrrrott... fffrrrott...* Ça venait de l'une des nombreuses galeries qui débouchaient dans la grotte. On aurait dit quelqu'un qui traînait un sac lourd. Et qui se rapprochait.

– C'est quoi, ça ? chuchota Pip.

Gorbo s'était levé ; il brandissait sa fourchette à rôtir.

– N'ayez crainte, déclara-t-il. Quoi que ce soit, si sa tête ne nous revient pas, je l'embrocherai.

Tiger grognait, le poil hérissé. Flora laissa tomber sa tranche de champignon et empoigna le chiot juste à temps.

La créature qui sortit de la galerie en rampant sur le ventre ressemblait beaucoup à un morse, à supposer que les morses aient une fourrure d'un blond doré et une sorte de poche ventrale comme les kangourous. Se traînant sur ses nageoires, elle leva ses défenses pour déchirer le chapeau d'un champignon. Après avoir fourré dans sa poche ce qu'elle n'avait pas mangé, elle se mit à ronronner de satisfaction.

Tiger se tortilla dans les bras de Flora. Les ronronnements cessèrent. La créature fit pivoter ses yeux globuleux. Gorbo fit un pas en avant, s'interposant entre les enfants et elle. Le morse gonfla les joues puis souffla dans sa moustache.

– Soit, dit Gorbo. On peut être deux à jouer à ce jeu-là.

À son tour, il gonfla les joues, rendant son visage plus rond que jamais.

Le morse le fixa et frappa le sol avec sa queue.

Gorbo frappa le sol avec ses pieds bottés.

Qui sait comment tout ça aurait fini si, à cet instant, un deuxième morse n'était pas sorti d'une autre galerie en *fffrrrot*tant son ventre au sol. Il entamait le champignon le plus proche lorsqu'il repéra le premier morse. Roulant des yeux, les deux bêtes se traînèrent pour se défier à coups de grognements, joues gonflées et coups de queue au sol. Puis elles se cabrèrent, rejetant la tête en arrière, exhibant leurs défenses. Enfin, elles se percutèrent violemment, chacune essayant de repousser son adversaire.

– De mon point de vue, commenta Gorbo d'un ton désapprobateur, on dirait qu'ils n'ont jamais appris à partager. Pourquoi se défier ainsi alors qu'il y a assez de champignons pour nourrir toute une colonie ?

– Ils vont finir par se blesser, s'inquiéta Pip.

–Tout ça, c'est de l'esbroufe si vous voulez mon avis, analysa Gorbo. Cela dit, comme ils me paraissent un peu soupe au lait, c'est peut-être le moment de partir. Je n'aime pas abandonner un petit déjeuner intact, mais leurs défenses me semblent bien affûtées.

Pip et Flora pensaient la même chose. Ils piétinèrent le feu pour l'éteindre puis se dirigèrent aussi discrètement que possible vers la galerie la plus proche.

–Vu qu'on ne sait pas où mènent ces passages, autant emprunter celui-ci, proposa Gorbo. Mieux vaut rester groupés, au cas où il y aurait d'autres surprises.

Ils avaient parcouru un bout de chemin à la lueur verte des champignons lorsqu'ils entendirent de rapides *fffrrrott, fffrrrott* derrière eux. Ils n'eurent que le temps de se plaquer contre les parois de la galerie en priant. Au détour d'un virage, ils virent un morse se traîner maladroitement. Quand celui-ci les repéra, il s'immobilisa brusquement, roulant des yeux fous dans la lueur des champignons. Alors, il cacha sa gueule moustachue derrière ses nageoires. Tout le monde retint son souffle.

Même un morse ne peut retenir sa respiration indéfiniment. Quand l'animal vit entre ses nageoires que Gorbo et les enfants étaient toujours là, il laissa échapper un sanglot déchirant et les dépassa à toute vitesse, projetant des morceaux de champignon au passage.

– Ça doit être le perdant, supposa Pip.

– Un hypersensible, soupira tristement Gorbo en secouant la tête.

Ils continuèrent à avancer dans la galerie, jusqu'à une bifurcation.

– Par où aller ? s'enquit Pip.

– Le mardi, il vaut mieux prendre à gauche, répondit Gorbo. Tout le monde le sait.

– Je ne crois pas qu'on soit mardi…, objecta Pip.

– Ne jamais rebrousser chemin par une nuit de pleine

lune, répliqua Gorbo. C'est ce que ma grand-mère disait toujours. Elle connaissait un tas de dictons bien utiles. Ça porte malheur d'éternuer la veille du solstice d'été. Si tu trouves une chenille dans ton oreille gauche, tu dois la poser sur une feuille de chou et lui chanter « Joyeux anniversaire ».

– D'accord…, commenta Pip, dubitatif.

– À moins que ce ne soit l'oreille droite, rectifia Gorbo.

Flora perdit patience.

– Je sais quoi faire.

Cachée derrière ses cheveux, elle ne s'était jamais jointe aux jeux des filles de Sunny Bay, ce qui ne l'avait pas empêchée d'écouter leurs comptines.

– *Am, stram, gram, pic et pic et colégram, bour et bour et ratatam, am, stram, gram.*

Flora pointait un doigt de gauche à droite et de droite à gauche, jusqu'à ce que la comptine s'arrête.

– Par là, conclut-elle.

CHAPITRE 19 ½

– Qu'est-ce que c'était que cette formule ? s'interrogea la femme, penchée sur sa gelée. L'enfant connaît déjà la magie noire… J'ai vu la colère en elle, contenue. Je la ferai sortir. Elle sera mon apprentie. Quand je l'aurai soumise à ma volonté, je lui enseignerai tout ce que je sais.

– Elle a l'air tellement douce et tendre… avec un bon goût de beurre, soupira le géant. Elle serait encore meilleure fourrée à la sauge et aux oignons, plutôt qu'à la connaissance. Ça ne pourrait pas être moi, ton apprenti ?

– Toi ? Si déjà tu apprenais à te moucher seul, ce serait un miracle ! Écarte-toi de là, espèce de gros bloc de roche, l'insulta-t-elle en lui donnant un coup de son coude pointu. Ne respire pas au-dessus de la gelée ! Tu fais de la buée. Et tais-toi, je veux les entendre…

CHAPITRE 19 ¾

– *Pique nique douille, c'est toi l'andouille !*

Ils s'étaient arrêtés devant une énième bifurcation. Flora était à court de comptines. Tous commençaient à en avoir assez des galeries et des champignons.

– Si vous voulez mon avis, on tourne en rond, se plaignit Pip.

Flora le regarda.

– Eh bien, vas-y, à toi de trouver la sortie.

Les comptines avaient chauffé sa voix. Elle en aurait peut-être dit davantage si Tiger ne l'avait pas interrompue en se faufilant à son côté pour foncer dans la galerie de gauche, ses aboiements résonnant derrière lui.

– Non, Tiger ! s'exclama Flora. Viens ici ! Ça suffit !

– Qu'est-ce qu'il a dans le crâne, cet animal ? grommela Gorbo. Après quoi court-il cette fois-ci ?

Pip crut voir une ombre noire apparaître furtivement au détour d'un virage dans la galerie. Il s'abstint toutefois de le signaler. Difficile d'être certain dans cette faible lueur verte.

Tandis qu'ils avançaient, ils appelèrent Tiger, aux aguets, dans l'attente de ses aboiements. Lorsque enfin ils rattrapèrent le chiot, ils le trouvèrent assis en train de gratter une puce qui lui chatouillait l'oreille, au pied d'un escalier en pierre.

– Encore des marches, se plaignit Pip. Vous croyez que… ?

– Oui, répondit Gorbo. Ce qui descend doit bien finir par remonter. Ce chien mérite qu'on le régale d'une bonne tarte : il a trouvé la sortie !

Ils grimpèrent jusqu'à en avoir mal aux jambes puis ralentirent le pas quand les marches devinrent plus étroites et plus raides. En tête du groupe, Gorbo brandissait sa fourchette à rôtir, au cas où. Enfin, ils atteignirent le sommet. Ils distinguèrent les contours d'une porte découpée dans la roche devant eux.

– Reculez, ordonna Gorbo.

Après avoir confié sa fourchette à Flora, il enfonça sa casquette sur ses oreilles avant de redescendre quelques marches.

– Mieux vaut foncer tête baissée, expliqua-t-il.

Là-dessus, il baissa la tête comme un petit taureau déterminé… et chargea.

C’est alors que la porte s’ouvrit en grand, et Gorbo continua sa course sans pouvoir s’arrêter.

CHAPITRE 20

Après l'éclairage verdâtre diffus émis par les champignons des galeries, la lumière du jour était éblouissante. Assis sur une touffe d'herbe, Gorbo louchait.

– Je suis le seul à voir des étoiles ? demanda-t-il. Du genre étoiles filantes ? C'est très joli…

– Oui, je crois que tu es le seul, confirma Pip. Tu as atterri sur la tête.

Ils se trouvaient au sommet d'une colline. Autour d'eux, le sol sec, rocailleux était parsemé de touffes broussailleuses et de buissons épineux chétifs. Dans la vallée en contrebas, une rivière au débit rapide bouillonnait entre des rochers. Sur la rive d'en face, on distinguait les silhouettes noueuses des Arbres tordus, puis au-delà, les étendues riantes et verdoyantes que les voyageurs avaient laissées derrière eux.

– C'est le problème, avec les rivières, soupira Gorbo. L'herbe paraît toujours plus verte en face. Dans le cas présent, ça se vérifie. J'ai le mauvais pressentiment que nous sommes sortis côté Varechs, ce qui n'est pas une bonne chose. Ils ne sont pas gentils : les bébés bouillis avec du riz et j'en passe… On devrait rebrousser chemin.

– Impossible, trancha Flora en frissonnant. La porte a disparu.

Elle avait raison : derrière eux, le bloc de roche par lequel Gorbo avait surgi était devenu lisse et solide, sans la moindre aspérité.

– Les portes magiques, ça finit par être lassant, s'énerva le Snerg en frottant son front douloureux. Ça donne envie de revoir sa propre porte d'entrée – une qui sait rester à sa place et ne vous joue pas de mauvais tours. Si un jour je finis par rentrer chez moi, je repeindrai la mienne. Ça fait des années que je ne la vois même plus, que j'entre et sors sans même la gratifier d'un « merci » ni d'un « s'il vous plaît » !

Pip observa la plaine poussiéreuse et sans relief plus bas. Au milieu s'élevait une petite colline de la forme d'un moule à pudding, dont le sommet était couronné de hauts remparts.

– Il y a une ville, là-bas, dit-il en pointant un doigt.

C'est là que vivent les Varechs ?

Gorbo acquiesça.

– Ils l'appellent Oustrive. Pas très accueillant, hein ? Pas franchement un nom qui crie : « Venez boire le thé, ça nous ferait plaisir de vous rencontrer et il y a plein de tartes à manger ! » J'ignore qui ils veulent empêcher d'entrer avec leurs remparts. Autrefois, Golithos posait un véritable problème pour les deux rives, mais c'était il y a des lustres. À ce qu'il paraît, il a beaucoup changé.

– Golithos ? répéta Pip, les sourcils froncés. L'ogre à l'haleine putride et aux crocs acérés ? Je croyais que c'était juste une histoire…

Gorbo afficha un air surpris.

– Comment ça, « juste » une histoire ? Je ne sais pas ce qu'on vous apprend, à l'orphelinat, déclara-t-il d'un ton sévère, mais on dirait qu'on vous inculque de bien étranges notions. Golithos est aussi réel que vous et moi. Cependant, il n'est plus l'ogre qu'il était jadis. Aux dernières nouvelles, il est désormais tout à fait inoffensif. Je ne prétends pas que ce soit son choix, car apparemment il n'a pas eu son mot à dire. En ce qui concerne son haleine, je n'en sais rien, par contre, tu n'as plus à t'inquiéter de ses crocs acérés – à moins que tu ne sois un chou.

Alors qu'ils contemplaient la plaine, une porte s'ouvrit dans les remparts de la cité peu accueillante. Les nombreuses silhouettes qui la franchirent étaient minuscules à cette distance. La main en visière, Gorbo laissa échapper un hoquet de stupeur.

– Des Varechs ! C'est encore pire que ce que je craignais… Ils ont quatre pattes !

Flora plissa les yeux.

– Ils sont à cheval, Gorbo, rectifia-t-elle.

Elle n'avait plus l'habitude d'entendre ses pensées formulées à voix haute. Ça lui faisait toujours un drôle d'effet dans la bouche. Elle dut se racler la gorge.

– Ils sont en armure, précisa Pip après avoir vu le soleil se refléter sur le métal.

– Ça leur ressemble bien, commenta Gorbo avec dédain. Quelle personne sensée se déguiserait en boîte de conserve sous un si beau soleil ? Ils doivent être en route pour mordre et distribuer des coups de pied à grand renfort de cris sauvages. Il est temps pour nous de partir. La question, c'est comment ? On ne peut pas passer sous la rivière. Si on la contournait, le trajet serait interminable. On pourrait tenter de la traverser, mais je doute que ce soit raisonnable. Ça ne m'étonnerait pas qu'un crocopotame y vive.

– Crocopotame.

Le mot plut tant à Flora qu'elle le répéta encore :

– Crocopotame.

Pip fixa la rivière.

– Un quoi-potame ?

– Oh, tu vois ce que je veux dire, répondit Gorbo. Une queue à un bout, des écailles au milieu, et à l'autre bout une gueule suffisamment grande pour ne faire qu'une bouchée de toi. Ils restent juste sous la surface de l'eau, à faire comme s'ils n'étaient pas là. En général, le temps que tu réalises leur présence, te voilà déjà au fond de leur estomac.

– Je crois que je n'ai aucune envie d'en rencontrer un, conclut Pip.

– Dans ce cas, décréta Gorbo, il ne nous reste plus qu'à passer *par-dessus* la rivière. Ce qu'il nous faut, c'est un pont !

CHAPITRE 20 ½

– Combien de fois t'ai-je dit d'utiliser un mouchoir quand tu éternues ? Regarde ce que tu as fait !

Penchée sur son bol en forme de crâne, la femme en retirait des morceaux de graviers.

– J'y peux rien, môman, geignit le géant en s'essuyant le nez avec le dos de la main. Je peux pas empêcher tous les petits cailloux de sortir de mes trous de nez quand j'aaaa-tchoume…

– Tu es bien le fils de ton père, ce troll des rochers ! rétorqua sèchement sa mère. Rien que des gravats et de la poussière à la place du cerveau. Tu es obligé d'en mettre partout sur ma gelée ? Je vais devoir la remettre à fondre et la filtrer avec un bas, à cause de toi et du volcan en éruption qui te sert de truffe !

Elle regarda à l'intérieur du crâne, les yeux plissés. Il n'y avait rien à voir, à part la gelée grêlée.

– On les a perdus. Pile au moment où ce stupide Snerg allait les mener au pont !

– Ils le traverseront pas, môman, la rassura le géant. C'est le pont de la Troll.

– Non, effectivement, approuva-t-elle. Et pourquoi ça, mon génie aussi fin qu'un bloc de granit ?

– Parce que la troll les mâchouillera, répliqua le fils, tout content de connaître la réponse.

Une étincelle jaillit entre les silex de son cerveau.

– Mais, môman… La fille juteuse… Il faut pas que la troll la croque !

La femme caqueta d'un petit rire sarcastique.

– Exactement, mon bloc de roche éruptive : il ne faut pas. Après tout le mal que je me suis donné, je ne vais pas laisser cette enfant finir dans le ventre d'un monstre. Va les chercher. La troll peut manger le Snerg – avec ma bénédiction –, et même le garçon. Mais ramène-moi la fille !

CHAPITRE 21

Les voyageurs descendirent la colline et longèrent la rivière, restant à bonne distance des lointains remparts d'Oustrive. Gorbo ouvrait la marche, son arc à la main, « au cas où ».

Tenu par un bout de ficelle en guise de laisse, Tiger trottinait sur les talons de Flora.

Ils avançaient sous un bosquet de pins grêles quand Gorbo s'immobilisa.

– Vous avez entendu ? On aurait dit… des grelots.

– Je te tiens, Snerg ! s'époumona une voix.

Une silhouette de couleur vive se laissa tomber des branches au-dessus de la tête de Gorbo, qui bascula à la renverse avec un *oumph* !

La voix était celle d'un jeune homme aux traits ciselés, entièrement vêtu de jaune et d'écarlate. Des grelots ornaient le bout de ses poulaines et les pointes de son bonnet. Il s'assit à califourchon sur Gorbo et pressa un objet pointu contre son flanc.

– Rends-toi, vil Snerg ! ordonna l'individu. Ou je te rosserai !

– Ôtez-vous de là ! l'apostropha Flora. Vous l'écrasez.

Pip observa la tenue criarde et le petit instrument à cordes accroché à l'épaule du jeune homme.

– Vous venez d'un cirque ? s'enquit-il.

– L'œuvre de ma vie consiste à apaiser les chagrins de ce monde par mes plaisanteries et mes chants joyeux, répondit pompeusement l'homme. À votre service, messire : Baldry, Fou du roi Kool de la cour des Varechs.

Il s'inclina profondément au-dessus de l'épaule de sa proie.

– Vous n'apaisez en rien mes chagrins, objecta Gorbo. Je n'arrive même pas à respirer, avec vos grelots qui me bouchent le nez !

– Il faut ligoter ce Snerg, déclara le bouffon. Sa morsure est venimeuse, vous savez. Une chance que j'étais assis dans cet arbre avec rien de mieux à faire que l'empêcher de vous attirer dans son repaire, pauvres enfants innocents !

– Vous ne savez pas de quoi vous parlez, rétorqua Flora.

– Éloignez-vous, gente demoiselle.

Le bouffon brandit son arme et reprit :

– Ne vous inquiétez pas. S'il veut se battre, je le pourfendrai avec mon…

– Panais, compléta Pip. Tout le monde voit bien que c'est un panais. En plus, Gorbo est notre ami. Laissez-le tranquille, ou on lâche notre chien sur vous !

– Vous parlez d'un chien ! railla le bouffon en jetant un coup d'œil dédaigneux à Tiger. On dirait plutôt un pompon. Quelqu'un aurait-il une corde sur lui ?

– J'ai de la ficelle, proposa Gorbo.

– Ne lui en donne pas, Gorbo, s'écria Flora, contrariée. C'est pour t'attacher !

– On ne le laissera pas faire, renchérit Pip.

– Hélas, je constate que le Snerg vous a pris tous les deux dans ses filets, regretta le bouffon. Ne craignez rien, Baldry est là. Prépare-toi à mourir, boulette cannibale !

Ce fut l'injure de trop. Gorbo se souleva, fit basculer le bouffon sur le côté et se dégagea.

– C'est moi que tu traites de boulette cannibale ? s'offusqua-t-il. Tout le monde sait que ce sont les Varechs qui mangent les enfants !

– Tais-toi, Snerg pleurnichard ! le rabroua Baldry. Et donne-moi ta ficelle. Je vais te trousser comme une mouche capturée par une araignée. Ensuite, je te livrerai au roi Kool. La récompense pour toute capture d'étrangers – en particulier de Snergs – s'élève à dix-sept pièces d'argent. Ce pauvre Baldry n'est pas dans les faveurs du roi en ce moment…

– Pourquoi ça ? s'enquit Pip.

Baldry renifla.

– Les artistes comme moi sont souvent incompris. Il s'avère que le roi s'est vexé après une plaisanterie impliquant une certaine quantité de beurre, les marches du palais et des bleus sur le postérieur royal. Toutefois, si je lui amène un Snerg, il me pardonnera. Et dans le cas contraire, il me devra quand même dix-sept pièces d'argent.

Lorsqu'il voulut empoigner Gorbo, il se retrouva face à Pip et à Flora. Les enfants se tenaient épaule contre épaule – Pip les poings levés, Flora les mains sur les hanches.

– Du balai, enfants chétifs ! s'écria le bouffon en plongeant sur eux avec son panais. Laissez-moi m'occuper de ce Snerg… aïe !

Tirant sur sa laisse, Tiger venait de mordre les grelots sur les pieds de Baldry. Les mâchoires refermées sur la pointe recourbée d'une poulaine écarlate, il la secouait comme s'il avait attrapé un rat.

– Rappelez votre pompon ! exigea le Fou en sautant à cloche-pied.

– Je vous propose deux options, monsieur Baldry.

Gorbo apparut entre les enfants, son arc bandé. Il poursuivit :

– Première option : je vous tire dessus. Les flèches snergs sont trempées dans une décoction de jus de fleurs de passiflore et de bave de loir aux rêves agités. Vous vous endormirez sur-le-champ. Cependant, il y a un risque certain qu'à votre réveil, nous vous ayons jeté à la rivière pour distraire les crocopotames.

Baldry lorgna la flèche de Gorbo, pointée sur son ventre.

– Et quelle est la deuxième option ? demanda-t-il, l'air boudeur.

– Vous nous guidez jusqu'au pont le plus proche, répondit Gorbo. Nous sommes venus ici par erreur et nous voulons traverser la rivière, afin de retourner chez nous, au pays des Snergs.

Baldry haussa les sourcils.

– Je ne connais qu'un seul pont : celui de la Troll. Mais il est impraticable.

– Pourquoi ? l'interrogea Gorbo.

– À ton avis, tête d'enclume ? rétorqua Baldry, méprisant. Le nom contient un indice ! Une troll vit en dessous. Une bête énorme et poilue, avec un nez qui ressemble à la pire des saucisses. Elle ne bouge pas beaucoup, mais si elle vous entend marcher sur son pont, elle surgira en un clin d'œil et on n'entendra plus jamais parler de l'un de vous – car elle en aura au moins attrapé un sur les trois… Ça tombera sûrement sur elle, ajouta-t-il en désignant Flora d'un signe de tête. Une troll affamée la trouverait appétissante, je crois… Non, ne tire pas !

Gorbo avait levé son arc. Le bouffon se laissa tomber à genoux du mieux qu'il le put avec un chiot toujours attaché à sa poulaine.

– Attendez, supplia-t-il, ne nous précipitons pas ! Je peux vous être utile. Rappelez votre chien, baisse ton arc et je vous dirai comment.

Gorbo baissa son arc, l'air toujours soupçonneux, tandis que Flora forçait Tiger, qui grognait, à lâcher le pied du bouffon.

– Les Varechs n'aiment pas les étrangers, dit Baldry en inspectant les dégâts occasionnés à sa poulaine par la morsure. On les arrête à vue pour les livrer directement au roi Kool. C'est la loi. Si vous vous promenez à découvert, vous serez capturés en un rien de temps. Vous serez traînés hors d'Oustrive. Le roi ordonnera aussi sec qu'on vous tranche la tête et qu'on la plante sur une pique.

– Euh… Ça lui arrive souvent, de couper des têtes ?

s'inquiéta Pip en ayant la sensation désagréable que son ventre se nouait.

– C'est son passe-temps préféré ! répliqua Baldry d'un ton léger. Il a trois Exécuteurs des hautes œuvres : un Très Grand, un Grand et un Moyen. Ils travaillent tous les trois six jours sur sept. Kool est le tyran le plus cruel et le plus féroce qui ait jamais porté de couronne. Mais ne vous désespérez pas : je connais quelqu'un qui pourrait vous aider. Elle a une masure non loin d'ici, en bordure du marais de la Désolation.

– Ce nom ne m'inspire guère confiance, commenta Gorbo en levant de nouveau son arc.

– Écoutez-moi ! supplia Baldry. La vieille femme est inoffensive. C'est une solitaire qui ne vit qu'avec quelques chats. Les gens la consultent pour régler leurs problèmes. Ça va de la vache malade à l'amoureux éconduit. On l'a aperçue de ce côté-ci de la rivière. Elle doit savoir comment la traverser.

– Et comment avoir la garantie que ce n'est pas *elle* qui nous vendra pour dix-sept pièces d'argent ? voulut savoir Gorbo.

Baldry fit tinter les grelots de son bonnet lorsqu'il secoua la tête.

– Oh, ça ne risque pas ! Ce serait trop dangereux pour elle de se montrer à Oustrive. La loi interdit de pratiquer la magie sur ces terres, sous peine d'être lentement descendu dans une fosse remplie de mille-pattes à dents de sabre.

– La magie ? répéta Gorbo, les sourcils froncés. Vous voulez dire que c'est une sorcière ?

– Précisément, confirma Baldry. Elle ne travaille qu'avec des sortilèges et des potions. Il n'en faut pas plus au roi Kool. Après avoir vécu une mauvaise expérience il y a longtemps, il est terrifié par la magie, sous toutes ses formes. C'est pourquoi la femme vit en recluse, près du marais. Vous savez, il n'y a pas que des méchantes sorcières – certaines sont gentilles.

– C'est vrai, concéda Gorbo. Le problème, c'est de savoir les différencier.

Baldry haussa les épaules.

– Elle est votre seul espoir. Faites-moi confiance. Parole de bouffon.

Ainsi, Gorbo et les enfants tournèrent le dos à la rivière (par-delà laquelle se trouvaient leurs amis, la sécurité et la promesse d'être bien chez soi), sans jamais prendre le temps de se demander s'il était bien raisonnable de faire confiance à un bouffon rusé.

CHAPITRE 22

Certaines maisons semblent ravies de vous voir. D'autres non. La chaumière de Meldrum paraissait recroquevillée, les sourcils froncés sous un toit de chaume qui pendait sur ses fenêtres comme une frange mal égalisée. Des branches de buddléia jaillissaient du toit, et un tamier grimpait sur la porte d'entrée cintrée. Celle-ci évoquait une bouche renversée peu amicale. Une pancarte était plantée devant. Des index en bois montraient deux directions opposées. Gorbo pencha la tête entre ses jambes et, perplexe, déchiffra les lettres qui y étaient gravées :

– *STROSSIAVUAM*. Ou *SNOITCIDÈNÈB*. On est bien avancés.

– *MAUVAIS SORTS*, dit Flora en lisant les lettres dans le bon sens. Ou *BÉNÉDICTIONS*.

Elle observa une affichette clouée entre les deux mots.

– *Veuve Meldrum, professeure de cornemuse, débutants ou experts. Plus de renseignements à l'intérieur.*

– Mauvais sorts ? s'étonna Gorbo en jetant un regard accusateur à Baldry. Je croyais que c'était une gentille sorcière !

Le Fou haussa les épaules.

– Il faut bien que cette pauvre femme gagne sa vie, d'une manière ou d'une autre – et les Varechs adorent se quereller. Pourquoi se priverait-elle de vendre des mauvais sorts s'il y a de la demande ?

– En tout cas, nous, on n'en veut pas, trancha Gorbo avec fermeté. Prenons la direction des bénédictions.

Après avoir contourné la chaumière, ils arrivèrent devant un portail enclavé dans une épaisse haie d'épines. Ils le poussèrent, s'enfonçant dans de hautes touffes d'orties et de chardons piquants. Un pommier moribond pointait ses branches nues vers le ciel. Tandis que le groupe se frayait un chemin vers le porche branlant, quelque chose surgit de derrière le pommier et se rua sur eux à la vitesse d'un boulet de canon du capitaine Vanderdecken. Sa tête cornue baissée, la créature percuta Gorbo au niveau du postérieur. Le Snerg valsa dans les airs. Son cri de surprise s'étouffa dans un bruit de bulles lorsqu'il atterrit la tête la première dans un tonneau d'eau de pluie.

– Gorbo !

Inquiets en le voyant battre des jambes, les enfants se précipitèrent pour l'aider, mais l'imposant bouc noir aux yeux jaunes avait fait demi-tour et raclait le sol avec l'un de ses sabots. Baldry s'était déjà prestement réfugié à mi-hauteur du pommier.

La porte de la chaumière s'ouvrit dans un grincement. Un tas de vieux haillons se tenait sur le seuil, courbé sous le poids des ans, une casserole dans une main et un os rongé dans l'autre.

– Monsieur Popcorne, à la soupe !

Sa voix fêlée et tremblante était aussi frêle que le reste de sa personne. Elle frappa la casserole métallique avec l'os. Le bouc trottina jusqu'à elle, docile comme un chien. Sous la capuche de sa robe en loques, la femme observa ses visiteurs.

– En voilà une drôle de troupe, constata-t-elle en regardant Pip et Flora remettre Gorbo trempé sur ses pieds. Vous êtes obligé de noyer vos puces dans ma barrique d'eau, monsieur Snerg ?

–Vous avez une curieuse définition des bénédictions, déclara Gorbo lorsqu'il eut cessé de cracher.

La vieille femme sourit.

– Rares sont ceux qui parcourent un aussi long chemin dans les bois rien que pour obtenir une bénédiction ! La plupart de mes visiteurs viennent chercher des mauvais sorts.

– Pas nous, la détrompa Gorbo. Nous ne voulons pas causer davantage de problèmes. Nous souhaitons tous une fin heureuse et sympathique.

La femme secoua la tête.

– Pour ça, je ne vous serai d'aucune aide. Les fins heureuses, ça ne s'achète pas. Vous devez la créer vous-même. Mais qui est cet individu perché dans mon pommier ? On dirait un perroquet !

Dans un bruit de grelots, Baldry se laissa tomber à terre et exécuta une roue ponctuée de tintements.

– Baldry, Bouffon de la cour, Pourvoyeur d'hilarité par nomination royale, à votre service, madame. Je vous amène ce robuste Snerg et ces enfants innocents, tous trois perdus. Ils ont besoin de votre aide pour franchir la rivière afin de retourner chez eux.

– Les gens s'attendent toujours à recevoir des faveurs gratuitement, soupira la vieille femme. Mais moi, j'ai M. Popcorne et une demi-douzaine de petits minous à nourrir, alors que j'ai à peine un quignon de pain à me mettre sous la dent. Voyez-vous, j'en suis réduite à coudre mes vêtements dans des peaux de rats.

Elle montra son pied. Des queues de rats traînaient derrière le talon de ses chaussons. Flora eut un mouvement de recul.

– Si vous réclamez mon aide, reprit la sorcière, à quelle valeur l'estimez-vous ?

Il y eut un silence.

– Que diriez-vous de ceci ?

Gorbo extirpa de sa poche la pièce que miss Watkyns lui avait donnée.

– Il y a la tête du roi dessus, précisa-t-il. De plus, quand miss Watkyns apprendra que vous avez contribué à sauver ces enfants et que vous les avez renvoyés sans encombre à Sunny Bay, elle vous en donnera d'autres. C'est une dame extrêmement avisée et généreuse.

– J'ai entendu parler de cette admirable miss Watkyns…

La vieille femme glissa la pièce dans sa poche puis observa les enfants.

– Alors, vous voulez retourner à Sunny Bay, vous deux, c'est ça ? Pourquoi ?

Les enfants pensèrent aux mouettes, à la mer étincelante, aux tartines beurrées, au chocolat chaud ainsi qu'à la double dose de crème anglaise qu'on leur distribuait le dimanche. Ils se rappelèrent les bourdonnements dans les buissons de lavande, et la voix de miss Scadging lorsqu'elle leur lisait des histoires les après-midi pluvieux. Même les cours avec M. Gribblestone ne leur semblaient plus aussi ennuyeux… Soudain, ils se retrouvèrent submergés par la nostalgie.

– Parce que c'est là qu'est notre place, répondit Pip. C'est…

– … chez nous, compléta Flora.

Le bouc avait fini son repas. Il donna un coup de tête dans les jambes de la femme, espérant avoir une ration supplémentaire. La sorcière le repoussa, ramassa la casserole vide puis retourna à l'intérieur.

– Eh bien ? demanda-t-elle en jetant un coup d'œil au groupe par-dessus son épaule. Qu'est-ce que vous attendez ? Vous feriez mieux d'entrer !

Où Gorbo affronte
les dangers du marais de la Désolation
et Wilmus manque de se faire dévorer
par un crocopotame ;
Flora apprend qu'il ne faut pas accepter
de pain d'épice d'une main inconnue ;
quelque chose de surprenant arrive à Baldry,
et les Varechs du roi Kool
arrivent au galop.

CHAPITRE 23

Les « petits minous » de la veuve Meldrum étaient en réalité des chats énormes, noirs comme la nuit, hauts sur pattes.

– Blacky, Onyx, Salem, Mistic, Charbon, Lucifer et… Comme d'habitude, il en manque un, déplora la vieille femme.

– Oh, Tiger, non ! s'écria Flora qui peinait à maîtriser l'animal.

En tant que chiot, Tiger ne s'encombrait pas de notions comme le bien et le mal, mais il obéissait à une règle : « Du moment que ça bouge, pourchasse-le. » Et s'il y avait une créature qui méritait plus que toutes les autres d'être pourchassée, c'était le chat. La vue de six félins présents au même instant, qui tous le fixaient de leurs yeux vert émeraude pleins de défi, fut pour lui la provocation de trop.

D'un coup de reins, Tiger sauta des bras de Flora. La cuisine de la veuve Meldrum explosa en un tourbillon de fourrures hérissées volant dans tous les sens. Coups de griffes, gros dos, queues qui fouettent… D'un bond, Baldry se réfugia sur une chaise ; Gorbo se boucha les oreilles pour ne plus entendre aboyer, feuler et cracher, tandis que les enfants tentaient désespérément d'attraper le fauteur de troubles par lequel tout avait commencé.

Tiger avait eu les yeux plus gros que le ventre, comme on dit. Cet épisode aurait pu mal se terminer pour lui sans l'intervention de la veuve Meldrum. Après avoir écarté quelques chats d'un coup de pied, elle se jeta dans la mêlée puis souleva le chiot par la peau du cou. Tiger tremblait, le museau écorché, l'oreille arrachée. Flora tendit les bras vers lui, mais la veuve secoua la tête.

– Il sera plus en sécurité là-haut.

Divers « ornements » pendaient du plafond de la cuisine : chapelets d'oignons, crânes d'oiseaux blanchis, navets évidés sculptés comme des petits visages bizarres… et deux cages en osier. L'une d'elles renfermait un gros crapaud affligé aux yeux dorés.

– Un peu de compagnie pour monsieur B., poursuivit la veuve en mettant Tiger dans la deuxième cage.

Entendant le chiot pleurer, Flora se mordit la lèvre. Comme les chats, le poil hérissé et l'œil mauvais, tournaient en rond sous la cage, elle s'abstint de protester.

Gorbo, qui avait ôté les mains de ses oreilles, humait l'air.

– Je ne sais pas d'où ça vient, dit-il, mais je sens une odeur absolument délicieuse.

Tous se mirent à renifler. L'odeur, avec ses notes d'ours parfumé à la cannelle, rappela aux voyageurs qu'ils n'avaient rien mangé depuis le festin de la veille au soir.

La veuve Meldrum sourit.

– Vous avez le droit de regarder, proposa-t-elle en ôtant la mousseline qui recouvrait quelque chose sur la table de la cuisine. Mais interdiction d'y goûter.

C'était une maison en pain d'épice : une magnifique création sur trois niveaux, avec de hautes cheminées et des pignons en glaçage. Cela rappela à Flora son ancienne maison de poupée. Quant à Pip, la construction lui évoquait autre chose, sans qu'il sache vraiment quoi. Les petits visages en massepain, derrière les fenêtres fermées, le troublaient.

Baldry descendit de sa chaise. Il tendit une main que la sorcière écarta aussitôt d'une tape.

– J'ai dit : pas touche ! Nous avons du travail si

vous voulez traverser le pont de la Troll. Les trolls ne sont pas compliqués à gérer si on sait comment les prendre… C'est-à-dire par l'estomac. Nous lui laisserons une offrande – une gourmandise saupoudrée de pavot et de mandragore. Elle l'engloutira. Bien vite, elle ne sera plus en état de remarquer un petit voyageur – voire trois – passer furtivement au-dessus d'elle.

– Excellent plan, approuva Gorbo.

– En effet, renchérit la veuve qui, après avoir ouvert un placard, en inspectait les étagères. Sauf que… Oups… On dirait que je n'ai plus de racine de mandragore ! Il va falloir que quelqu'un aille m'en chercher.

Elle désigna Gorbo.

– Toi.

– Moi ? s'étonna Gorbo en grattant ses touffes de cheveux. Mais où vais-je trouver ça ?

– Dans le marais de la Désolation, répondit la veuve Meldrum. Ne prends pas cet air effrayé, poule mouillée ! C'est un endroit charmant. Il faut juste faire attention aux vers de narine, aux mille-pattes à dents de sabre et aux papillons vampires. Il y aura aussi une sous-espèce particulière d'écurette de boue qui essaiera de s'enrouler autour de ta cheville pour t'attirer sous la surface. Et si jamais un gobelin des marais vient bavarder avec toi, surtout, quoi qu'il arrive, ne le regarde jamais dans les yeux. Tu ne risques absolument rien tant que tu ne marches pas sur une limace hurlante. Elles font suffisamment de raffut pour réveiller les créatures sur lesquelles il faut à tout prix éviter de tomber. Il est temps que tu partes, pendant qu'il y a encore assez de lumière pour cueillir les racines. Prends garde à ne les cueillir que si elles sont baignées par le clair de lune. Tâche de ne pas l'oublier, sinon le sort ne marchera pas.

– Il faudra que j'attende longtemps ? s'enquit Gorbo, malheureux. Dans le noir ? Tout seul ?

– On va t'accompagner, Gorbo, le rassura Pip, même s'il n'en avait aucune envie.

Il regarda Flora.

Elle déglutit, acquiesça et demanda :

– C'est quoi, un ver de narine ?

– Un ver qui remonte dans le nez et aspire le cerveau jusqu'à ce qu'il ne reste plus rien. Remarquez, comme je n'ai pas de cerveau à la base, dit Gorbo, plein d'espoir, ça ne sera peut-être pas si terrible.

– Les enfants vont rester avec moi, déclara la veuve Meldrum. Quel genre de personne enverrait deux petits innocents dans un marais alors que la nuit tombe ? Que dirait miss Watkyns ?

C'était facile.

– Elle dirait que c'est contre le règlement, répondit Pip.

À peine deux jours auparavant, cela aurait suffi à lui donner envie d'aller patauger dans un marais au clair de lune, mais entre-temps il s'était passé beaucoup de choses. Pip avait soif d'aventures. Toutefois, il commençait à se rendre compte qu'une bonne aventure est une chose exaltante tandis qu'une aventure fâcheuse suffit à faire regretter d'être parti de chez soi. Et les papillons vampires et les limaces hurlantes semblaient précisément appartenir à la mauvaise catégorie d'aventures.

– Baldry pourrait y aller, lui, proposa Flora.

– Dans un marais ? Avec ces poulaines ? s'offusqua le bouffon en exécutant un petit saut qui fit tinter ses grelots. Non, merci !

– Que d'histoires pour pas grand-chose ! maugréa la sorcière en tendant à Gorbo un sac et une lanterne. Tu ne peux pas te perdre : il faut descendre la colline jusqu'à ce que tu aies les pieds mouillés. Tu reconnaîtras les mandragores à leur cri quand on les déracine. Il m'en faudra au moins une douzaine, et des bien grasses. Inutile de revenir sans si tu veux rentrer chez toi. Tu peux avaler une goutte de ma liqueur de sureau contre l'humidité et un morceau de pain d'épice pour prendre des forces. Les mandragores sont parfois têtues.

Elle cassa l'un des conduits de cheminée de la maison en pain d'épice qu'elle tendit à Gorbo.

– Vous veillerez sur les enfants en mon absence, hein ? s'angoissa le Snerg.

– Comme si c'étaient les miens, promit la veuve Meldrum.

Dès qu'elle eut refermé la porte sur Gorbo, les enfants eurent l'impression de se retrouver seuls et perdus. Les navets sculptés en forme de têtes se balancèrent dans le courant d'air. On aurait dit qu'ils ricanaient – pas du tout gentiment.

– Pauvres petits, vous êtes épuisés ! Il faut dormir, conseilla la veuve Meldrum. Il y a une chambre douillette à l'étage, où vous serez bien au chaud.

– On n'est pas fatigués, objecta Pip en étouffant un bâillement. On préfère attendre le retour de Gorbo.

– Il ne reviendra pas avant plusieurs heures ! le raisonna la vieille femme. Et vous partirez tôt demain, avec tout ce chemin qui vous attend. N'ai-je pas promis de veiller sur vous ? C'est ce que je compte faire… comme si j'étais votre mère.

Flora songea à sa vraie mère, qui s'était davantage souciée du respect des bonnes manières à table et d'aller faire la fête que de sa fille. Pip songea à Éléonore l'équilibriste équine, qui était partie en le laissant seul avec son père. Ni Flora ni Pip ne faisaient vraiment confiance aux mères.

– Si vous êtes sages et que vous allez au lit sans discuter, vous aurez droit à une friandise, les amadoua la femme. Vous pourrez goûter à mon pain d'épice. Venez, servez-vous. Pas vous, dit-elle sèchement à Baldry, qui tendait la main. Vous, vous pourrez dormir là, dans ce carton.

– Il est plein de chats, fit remarquer le Fou.

La veuve haussa les épaules.

– Vous n'avez qu'à dormir debout, dans ce cas. Ou dehors avec M. Popcorne, si vous préférez.

Flora avait cassé un morceau du toit en pain d'épice.

– Mmm, apprécia la fillette, la bouche pleine, avant de se resservir.

La veuve sourit.

– Maintenant, à ton tour, proposa-t-elle à Pip en lui tendant un morceau.

Pip le grignota, les sourcils froncés. Alors que le gâteau fondait sur sa langue, il comprit subitement ce qui le troublait dans cette maison en pain d'épice.

– C'est Sunny Bay ! affirma-t-il. C'est l'orphelinat !

Lorsqu'il observa les petits visages en massepain

avec leurs bouches arrondies, il sentit un picotement glacé sur sa nuque.

– Et eux… Ce sont les enfants. On est tous… en train de crier !

À cet instant, une ombre assombrit la fenêtre ouverte. Tiger aboya ; ses mouvements agitèrent la cage suspendue au plafond. Une silhouette noire entra d'un bond dans la masure. C'était un chat borgne avec des cicatrices et les oreilles déchiquetées. Le bout de sa queue était tordu.

– Oh non, encore un ! se plaignit Baldry. Il est drôlement moche, celui-là !

La veuve Meldrum jeta un coup d'œil par-dessus son épaule.

– Oh, lui, dit-elle. En retard, comme d'habitude. C'est Gubbins.

Gubbins ! Alors que Flora s'apprêtait à mordre dans un autre morceau de pain d'épice, elle se pétrifia. Terrorisé, Pip se tourna vers la porte, mais la vieille femme avait empoché la clé. Un objet posé contre le mur retint son attention… Un parapluie violet. Par terre, à côté de lui, petit et esseulé, il y avait le pas-de-loup manquant de Flora.

CHAPITRE 24

– Il t'apprécie, roucoula la veuve Meldrum.

Gubbins s'enroulait autour des jambes de Flora. Celle-ci était figée comme une statue. Seule sa gorge remua quand elle déglutit. Pip lut la peur dans ses yeux. Les battements affolés de son propre cœur lui donnaient la nausée.

– C'est l'heure pour les petits enfants d'aller faire un gros dodo. Pareil pour les petits chiens.

Elle décrocha la cage de Tiger et s'engagea dans l'escalier de guingois qui menait à l'étage. Il n'y avait aucun moyen de s'échapper. Les enfants n'eurent pas d'autre choix que de suivre la femme.

– Vous serez comme des coqs en pâte.

Dans l'encadrement de la porte du grenier, la sorcière poussa les enfants devant elle et ajouta :

– Ne faites pas attention au linge.

Pip et Flora levèrent les yeux : une ribambelle de sous-vêtements colorés était suspendue à une poutre au-dessus d'eux. Des bas dans les tons lilas, mauve, violet, magenta, aubergine et prune étaient maintenus, en guise de pinces à linge, par des chauves-souris. Les ailes repliées autour de leur corps velu, elles dormaient la tête en bas, plongées dans leurs rêves renversés.

– Faites comme chez vous, enchaîna la veuve en désignant un matelas étroit rembourré de paille.

Un bout de viande noir et rabougri était cloué au mur, au-dessus.

– « Où se trouve le cœur, là est la maison », dit la femme avec un rire désagréable. Dormez bien. Il n'y a aucune inquiétude à avoir. Maman Meldrum va s'occuper de tout. Maman a toujours raison…

Elle fit demi-tour pour partir, suivie de près par ses chats qui essayaient d'attraper les queues de rats de ses chaussons. Un seul félin resta en arrière. Maintenant que Gubbins avait enfin trouvé Flora, il semblait réticent à la laisser. Sans se soucier des objections frénétiques de Tiger, le chat se lova dans un fauteuil branlant puis fixa la fillette de son unique œil vert.

Pip et Flora s'assirent sur le matelas, blottis l'un contre l'autre.

– Elle ne ressemble pas à la dame dans la voiture, constata Pip.

– On la voyait mal sous son chapeau.

Flora donna du pain d'épice à Tiger, à travers les barreaux de sa cage, pour le faire taire. Elle n'osait pas le laisser sortir en présence de Gubbins.

– Pip, qu'est-ce qu'elle va nous faire ?

– Je n'en sais rien…

Les enfants restèrent silencieux, effrayés et malheureux. Tous deux se posaient la même question. S'étaient-ils, par erreur, engagés dans le genre d'aventure qui se termine de la plus horrible des manières ? Le genre d'aventure où il est impossible de rentrer chez soi ?

– J'aurais préféré que Gorbo reste avec nous, regretta Flora.

Pip entendit les trémolos dans sa voix.

– On va partir à sa recherche, proposa-t-il. Ensuite, on trouvera le pont…

– Et la troll ? lui rappela Flora. Et le crocopotame ?

Pip se leva et se dirigea vers la fenêtre. Il dut se hisser sur la pointe des pieds pour regarder dehors. L'ouverture, tout en longueur, était dépourvue de vitre. Les volets cassés pendaient sur leurs gonds. Le chaume qui débordait obstruait la lumière. Ils arriveraient peut-être à se faufiler par là, de justesse, malgré la belle hauteur. Un bruissement derrière Pip l'incita à se retourner. Le crépuscule tombait ; les chauves-souris commençaient à se réveiller. Tandis qu'elles déployaient leurs ailes telles des fleurs poilues, s'étirant, se grattant et lissant leur fourrure, des bas violets tombèrent sur le plancher en petits tas froissés. Une idée germa dans la tête du garçon… Il se courba sous les chauves-souris pour ramasser l'un des bas.

– Flora, tu sais faire les nœuds ?

Il étira le bas pour en tester la résistance.

Flora bâillait.

– Wilmus m'en a appris certains, à la fête. Je sais faire le Serpent étrangleur, le Ver tisseur et… C'était quoi, l'autre ? Ah oui ! L'Inindénouable.

– Super !

Pip ramassa une pile de bas tombés qu'il posa sur les genoux de Flora.

– On va fabriquer une corde à nœuds.

Flora le regarda en clignant des yeux avant de bâiller à nouveau.

– Une quoi ?

– On la suspendra à la fenêtre pour descendre, expliqua Pip, les doigts déjà en action. On retrouvera Gorbo et après… on réfléchira.

Alors que la première chauve-souris s'envolait par la fenêtre, les enfants se mirent à l'ouvrage.

Flora avait pris un bon départ, mais ses paupières s'alourdissaient. Elle s'emmêlait les doigts, se trompait dans les nœuds. Les bas ne tenaient pas ensemble.

Elle se frotta les yeux.

– J'ai tellement sommeil ! Je peux m'allonger une minute ?

Pip fit non de la tête.

– On doit se dépêcher. Il faut qu'on trouve Gorbo avant qu'il fasse trop noir.

– Je ne peux pas...

La tête de Flora s'inclina, les paupières mi-closes. Elle laissa tomber les bas par terre et bascula, la tête posée sur ses mains en guise d'oreiller.

– Désolée, marmonna-t-elle derrière les cheveux qui lui couvraient le visage. J'ai tellement, tellement sommeil...

– Flora, réveille-toi ! s'exclama Pip en la secouant par les épaules. Flora !

Que lui arrivait-il ? Il observa son amie. Elle avait des miettes de pain d'épice autour de la bouche.

Le pain d'épice ! Il y a un problème avec le pain d'épice !

Aussitôt, Pip regarda le chiot dans sa cage.

– Tiger ! Hé, Tiger !

Mais lui aussi dormait profondément, le museau posé sur ses pattes.

Tout à coup, le garçon se sentit terriblement seul. Les chauves-souris étaient parties pour la nuit en passant par l'étroite ouverture, silencieuses comme des nuages de fumée dotés d'ailes parcheminées. Il ne restait plus que Gubbins, qui surveillait Pip par la fente de son œil vert. Combien de temps Flora allait-elle dormir ? Tout ce que Pip pouvait faire, c'était continuer à nouer les bas entre eux. Sa corde à nœuds achevée, il espérait parvenir à réveiller son amie.

Un bas après l'autre, Pip se mit à bâiller à son tour. Ses paupières se fermèrent. Il se redressa en sursautant.

Idiot, toi aussi, tu as goûté au pain d'épice ! Tu n'aurais pas dû en manger !...

Même s'il n'en avait avalé qu'une bouchée, il sentait ses effets soporifiques, trop puissants pour y résister. De toute façon, il avait utilisé presque tous les bas. Il roula son ouvrage en boule et le cacha sous le matelas. Puis il s'allongea à côté de Flora.

– Pas longtemps, murmura-t-il. Juste une minute…

CHAPITRE 24 ½

Un peu plus tard, la porte s'ouvrit en grinçant. La veuve Meldrum entra. Elle leva sa chandelle, contempla les silhouettes étendues sur le lit, les écoutant respirer.

– Deux jeunes orphelins. Un petit chien, compta-t-elle.

Dans la lueur vacillante, son ombre était grande et droite. Elle n'avait plus le dos voûté. Sa voix avait perdu son chevrotement de vieillarde. Ses yeux brillaient telles deux améthystes.

– Faites de beaux rêves, murmura-t-elle. Les cauchemars ne vont pas tarder…

CHAPITRE 25

Pip rêvait : de retour sous le chapiteau du cirque, il se balançait à un trapèze fait de bas violets. Loin en contrebas, son père rugissait, le visage rouge :

– Saute, stupide vermisseau !

Si Pip tombait, il connaissait le sort que lui réserverait son père. Mieux valait rester là-haut, à se balancer d'avant en arrière, d'arrière en avant. Hélas, les nœuds n'étaient pas assez solides ; les bas étirés commençaient à s'effilocher… Pip tomba d'un rêve et atterrit dans un autre, puis un autre, dans lequel il se réveillait dans son lit, à Sunny Bay, avec la lumière du soleil qui entrait à flots par la fenêtre et la promesse d'un délicieux petit déjeuner…

Lorsqu'il se réveilla pour de bon, il ressentait encore la chaleur et le réconfort de son rêve de Sunny Bay, jusqu'à ce qu'il se souvienne de l'endroit où il se trouvait. Contrastant avec la lumière dorée qui avait baigné son rêve, l'obscurité lui donna la chair de poule. Il tourna la tête : les cheveux de Flora formaient une pâle tache. Tiger, le ventre plein de pain d'épice, ronflait dans sa cage.

Au rez-de-chaussée, une porte claqua.

– Que t'est-il arrivé ? On te croirait à moitié noyé ! railla la sorcière d'un ton moqueur.

– J'aime pas les trolls, môman. Ils sont méchants avec le pauvre Golithos. J'ai juste demandé si elle avait vu des enfants bien juteux. Elle m'a poussé à l'eau. Et si elle les avait déjà dévorés ?

– Mais non, le rassura la veuve. Ils sont là-haut, en sécurité. Et ils ont mangé suffisamment de pain d'épice pour dormir jusqu'à midi.

Golithos, à l'haleine putride et aux crocs acérés. À présent complètement réveillé, Pip avança furtivement jusqu'à la porte qu'il ouvrit avec précaution, priant pour qu'elle ne grince pas. Il se mit à ramper jusqu'à l'escalier. Dans la cuisine, en bas, il vit de grandes bottes au bout d'une paire de longues jambes, ainsi qu'une tête ressemblant à un rocher couvert de mousse. Pip reconnut l'arrière de ce crâne. Il l'avait déjà vu, coiffé d'une casquette de chauffeur.

Le géant se laissa choir dans un fauteuil bien trop

petit pour lui. Il remarqua alors Baldry, assis à l'autre bout de la table. Le Fou mangeait de la soupe avec une cuillère.

– C'est quoi, ça, môman ?

– Ça, mon fils, c'est le Cinglé de Sa Majesté le roi Kool, en personne.

– Le Fou, pas le Cinglé, objecta Baldry. En fait, je préfère le terme « bouffon » pour parler de mon métier.

– Pourquoi il porte des grelots ? demanda Golithos en l'observant fixement. Qu'est-ce qu'il fait ici ?

– Je me pose la question, justement, répondit la veuve Meldrum. Qu'est-ce que vous faites là, maître Bouffon, à part boire ma soupe et être dans mes pattes ? Ne me dites pas que vous aidez ces enfants et ce Snerg par pure bonté d'âme, je n'en croirais pas un mot. Votre cœur n'est pas meilleur que le mien.

– Vous et moi savons que le roi ne tolère pas la présence d'étrangers sur ses terres, répliqua Baldry. Je vous rappelle que la capture d'un Snerg vaut dix-sept pièces d'argent.

– Dans ce cas, traînez-le jusqu'à Oustrive et empochez votre récompense, rétorqua la veuve. Pourquoi l'avoir amené ici ?

– Quand j'ai voulu le capturer, il a résisté. Ils étaient trois contre un.

D’un geste de la main, Baldry chassa un chat qui venait de sauter sur ses genoux.

– Comme je n’aime pas la violence, poursuivit-il, j’ai dû recourir à la ruse. « Conduis-les chez la sorcière, ai-je pensé. Elle t’aidera. » Ça ne me dérange pas de partager la récompense. Douze pièces d’argent pour moi – après tout, c’est mon Snerg –, cinq pour vous. Mais voyez-vous… j’aimerais mieux éviter de me montrer à Oustrive ces temps-ci. Je suis recherché ; on m’a accusé de crimes en lien avec… un produit laitier. Il y a eu un incident impliquant du beurre. Et des marches. Et un royal postérieur. J’ai trouvé ça drôle – pas le roi.

– Vous avez frappé à la mauvaise porte, déclara la veuve Meldrum en posant un bol de soupe devant son fils. Moi non plus, je ne suis pas la bienvenue à Oustrive.

– Le roi n’a pas besoin de savoir que vous êtes une sorcière, argumenta Baldry en détaillant la femme de la tête aux pieds. Dommage que vous soyez si…

– Hideuse ? s’esclaffa la sorcière. Une vieille harpie répugnante, qui a encore plus de verrues que ce pauvre monsieur B. !

À ces mots, le crapaud roula ses yeux mouchetés d’or, gonfla la gorge et émit un rot lugubre.

– Interdiction de parler ! cracha la veuve en poussant la cage pour qu'elle se balance. Il ne faut pas juger un fruit à sa peau, maître Fou. Une belle âme peut se cacher derrière une apparence repoussante… L'inverse est vrai aussi.

Elle prit sur le buffet un miroir avec un manche en os et ôta une à une les verrues de son menton. Elle les jeta aux chats qui se ruèrent dessus pour jouer avec. Enfin, elle retira délicatement son faux nez crochu.

– De la peau de poulet, expliqua-t-elle en essuyant son vrai nez maculé de graisse.

Un nez parfaitement droit.

Lorsqu'elle rejeta sa capuche en arrière, sa longue chevelure noire striée d'argent retomba librement sur ses épaules.

– Ne me regardez pas comme ça, monsieur Baldry. Mon déguisement n'est peut-être pas joli, mais il est parfait pour les affaires. Les gens se laissent facilement berner, ils paient deux fois le prix pour des mauvais sorts s'ils sont jetés par une sorcière à la peau flétrie pleine de verrues.

Elle s'assit, ôta d'un coup de pied ses chaussons en peau de rat et étendit ses jambes gainées de bas violets.

– Comme vous, reprit-elle, j'ai de bonnes raisons de ne pas montrer mon vrai visage. Reprenez donc un peu de ma liqueur de sureau, monsieur Baldry. Savez-vous pourquoi le roi craint tant la magie ?

Le Fou but une petite gorgée du verre qu'elle lui tendait.

– J'ai entendu des histoires, répondit-il. Des choses délirantes comme quoi une sorcière aurait transformé sa première épouse en grenouille, le jour de leurs noces. Il faudrait être idiot pour croire à…

Laissant sa phrase en suspens, il resta bouche bée, les yeux rivés sur la veuve Meldrum. Elle affichait le genre de sourire que font naître les souvenirs agréables.

– Alors c'est vrai ? demanda-t-il. C'était vous ?

– Elle faisait une jolie petite grenouille, avec ses pattes toutes maigres et ses yeux globuleux, railla la veuve. Elle a sauté dans la mare, où je suis sûre qu'elle a mené une existence heureuse, à gober des mouches et à pondre ses chapelets d'œufs…

Baldry but une longue gorgée de liqueur de sureau.

– Mais… pourquoi ?

La femme haussa les épaules.

– Pourquoi pas ? Le roi m'aurait épousée moi, à la place. Ça me disait bien, d'être reine. J'aurais régné sur Oustrive pour lui – il n'aurait rien eu à faire hormis se peigner la barbe toute la journée. Mais non, il voulait Tronche-de-Grenouille. La royale crise qu'il a piquée quand il a réalisé ce qui s'était passé ! Lorsqu'on a voulu me jeter au cachot, je me suis volatilisée entre leurs doigts comme de la brume des marais pour me réfugier dans les collines. C'est là que j'ai rencontré un troll des rochers qui a accepté de partager sa caverne… jusqu'à ce qu'il reste trop longtemps dehors, un matin. Pauvre Meldrum ! Il s'est fait surprendre par les rayons du soleil et a fini changé en pierre.

– Ça, c'est pas de chance ! compatit Baldry en finissant sa liqueur.

Il tendit la main vers la bouteille.

– La chance n'a pas grand-chose à voir là-dedans, tempéra la veuve. Il avait du granit entre les oreilles, et son visage ressemblait à une patate fossilisée. Autant avoir une conversation avec une pierre tombale. Je n'aurais pas pu supporter ça éternellement. J'ai fini par le convaincre de sortir, une nuit, pour qu'il m'aide à compter les étoiles.

Elle se mit à rire avant de poursuivre :

– Il n'est pas allé au-delà de trois, le pauvre bougre, mais j'ai réussi à faire en sorte qu'il reste dehors jusqu'au lever du soleil. Il n'avait aucune chance. Et toi, qu'est-ce que tu as, à me regarder comme ça ?

Le géant la fixait, sa cuillère suspendue entre son bol et sa bouche.

– Môman a tué pôpa ?

Elle lui tapota l'épaule.

– Ne me fais pas ces yeux-là. Je me suis occupée de toi, non ? J'ai élevé mon petit Golithos, qui est devenu un bel ogre. Lorsque tu as eu l'âge, je t'ai fait quitter les collines pour que tu fasses vivre un enfer aux gens et que tu donnes des cauchemars aux enfants varechs.

– C'est bon, les enfants. C'est juteux.

Golithos avait un bout de feuille bouillie collé à sa lèvre supérieure. Il soupira au souvenir de cette époque bénie.

– Sauf qu'après, il y a eu une méchante sorcière qui m'a empêché de les manger. Je me suis mis à avoir des douleurs atroces. Ça faisait comme des coups de poignard et des palpitations dans mes crocs, rien qu'en bavant devant un morceau de viande. Les navets, ajouta Golithos, c'est quand même pas pareil.

– À propos d'enfants, fit remarquer Baldry, l'air songeur. Les deux qui sont là-haut… Si on les rembourre un peu, ils pourraient passer pour des Snergs. Le roi ne fera aucune différence – il a plus de poils dans sa barbe que de bon sens. Nous obtiendrions une récompense de trois fois dix-sept pièces d'argent, ce qui fait… une belle somme.

– Je crains de ne jamais revoir votre Snerg, soupira la veuve Meldrum en remplissant le verre du Fou. Lui aussi a mangé mon pain d'épice. Il faut avoir toutes ses facultés, dans le marais de la Désolation. Si vous vous endormez là-bas, seul dans le noir, il y a de grandes chances que vous ne voyiez jamais le matin. Vos os auront été nettoyés longtemps avant le lever du jour.

Baldry fronça les sourcils.

– Je croyais que vous l'aviez envoyé chercher des racines ?

La femme rit et ramassa son parapluie.

– Vous ne comprenez pas, maître Fou, qu'on ne peut pas me faire confiance, pas plus qu'à vous ? Mes placards sont remplis de racines de mandragore ! Je n'en ai nul besoin. De même, inutile qu'un Snerg vienne se fourrer dans mes pattes. Les enfants, c'est autre chose. Je ne vous remettrai pas la fille – ni à vous ni au roi Kool. Elle fait partie de mon plan.

– Quel plan ? s'enquit Baldry, curieux.

– Ça concerne une petite vengeance, répondit la femme en s'asseyant.

Elle fit tourner nonchalamment son parapluie. Son regard se posa sur la maison en pain d'épice et les petits visages qui hurlaient aux fenêtres.

– Toutes ces années passées dans les collines, en compagnie des trolls et des gobelins, j'ai patienté. Quand il s'est écoulé suffisamment de temps pour que le monde m'ait oubliée, je suis redescendue pour monter ma petite affaire ici. Mais j'ai encore une promesse à tenir…

Des étincelles jaillirent de son parapluie. Des flammes couleur lilas et magenta apparurent autour des murs de pain d'épice. Plusieurs visages en massepain fondirent, formant de petites flaques collantes.

– Je ne m'en lasse jamais, souffla la veuve, rêveuse.

Soudain, Baldry afficha un regard sournois.

– Et si le roi Kool apprenait que la pauvre vieille qui vit en bordure du marais et la sorcière qui a transformé sa promise en grenouille ne faisaient qu'une ? Supposez qu'on vous dénonce ? Que seriez-vous prête à offrir pour que je garde le secret ?

Avec un sourire méprisant, il vida son verre.

– Pauvre mère Meldrum ! reprit-il. Vous n'êtes pas si avisée, après tout. Vous m'en avez un peu trop dit !

– Oui, n'est-ce pas ? concéda la femme. Quel dommage. J'ai beaucoup apprécié notre conversation.

– Quoi ?...

Quand Baldry tenta de se lever, son visage devint brusquement brillant de sueur. Il oscilla sur ses pieds avant de tomber à la renverse.

– Seul un bouffon boit trois verres d'une liqueur préparée par une sorcière, déclara la veuve Meldrum.

Lorsque le parapluie s'ouvrit d'un coup, Pip eut la vue bouchée par un cercle de roses violettes. Un *pop !*, une volute de fumée mauve… et un coassement. La veuve referma son parapluie. Les collants et le pourpoint colorés de Baldry gisaient à terre, en un tas froissé. Quelque chose remua en dessous. Un chat le taquina de sa patte. Une minuscule grenouille rouge et jaune bondit sous la table. À chaque saut, on entendait un faible tintement de grelot.

La veuve Meldrum chassa le chat.

– Bas les pattes, Lucifer ! C'est une grenouille très toxique. Ce jeune homme était fort déplaisant. Et sans conteste un vrai bouffon : il m'a tout l'air d'avoir avalé un de ses grelots !

CHAPITRE 26

– Flora, réveille-toi ! Il le faut ! On doit sauver Gorbo avant qu'il se fasse ronger les os par des gobelins, aspirer le cerveau par des vers de narine ou étrangler par les je-ne-sais-quoi de boue. Flora !

Pip avait déjà noué à la poutre des chauves-souris une extrémité de sa corde à nœuds de fortune, laissant pendre l'autre par la fenêtre. Il s'était penché au maximum pour vérifier que le bout de la corde ne soit pas trop éloigné du sol. Il fallut longuement secouer Flora pour qu'elle ouvre enfin les yeux et prenne conscience de sa présence. Pip réussit tant bien que mal à la mettre debout. Dehors, la nuit s'éclaircissait ; les ombres se détachaient. L'une d'elles se glissa sous le chaume et effleura la tête des enfants, qui retinrent leur souffle. Les chauves-souris rentraient se suspendre à la poutre.

Pip enjamba le rebord de la fenêtre. Descendre le

long de la corde était simple pour un enfant agile né dans un cirque, même avec un chiot qui ronflait calé dans sa chemise. Flora était moins sûre d'elle : en plus d'être encore vaseuse, elle n'avait pas été habituée à être suspendue dans le vide. Cependant, l'idée de rester seule l'effrayait encore plus que le risque de chute. Un instant désagréable, elle crut qu'elle allait rester bloquée, plaquée contre le cadre de la fenêtre. Puis, poussée par l'urgence de savoir Gorbo en danger, elle se fit violence. Quelques secondes plus tard, elle atterrit à côté de Pip.

– Viens. Il faut descendre la colline jusqu'à ce qu'on ait les pieds mouillés, dit le garçon en se remémorant les indications que la veuve Meldrum avait données à Gorbo.

– Mes pieds font des bruits de succion, se plaignit Flora un peu plus tard.

Maintenant que les effets du pain d'épice s'étaient dissipés, elle avait mal au crâne et l'estomac barbouillé.

– C'est bon signe, l'encouragea Pip. Ça veut dire qu'on est arrivés.

Il jeta un coup d'œil par-dessus son épaule et décida de ne pas prévenir son amie qu'ils étaient suivis, épiés par une ombre dotée de longues pattes et d'une queue tordue.

Le sol spongieux émettait des petits bruits de bulles qui éclatent. On n'y voyait pas grand-chose au travers des volutes de brume. Pip essaya d'oublier que des vers de narine pouvaient ramper sur lui en se tortillant pour s'introduire dans son nez. À plusieurs reprises, il crut entendre des gloussements étouffés provenant des roseaux et aperçut un reflet dans des yeux perçants…

Ils appelèrent Gorbo aussi fort qu'ils l'osèrent : avec des chuchotements sonores. Ils n'obtinrent aucune réponse.

– Les gobelins des marais l'ont emporté, se lamenta sombrement Flora. (Pour se réconforter, elle serra contre elle Tiger endormi.) Ou alors, reprit-elle, ce sont les écurettes de boue qui l'ont entraîné. Ou bien…

– Mais non, l'interrompit Pip, refusant d'envisager le pire. Regarde, il y a un papillon… Deux, trois… il y en a plein.

Des créatures aux ailes ornées de motifs noir et vert voletèrent autour d'eux.

– Ouille !

L'une d'elles s'était posée sur le cou de Flora. Celle-ci voulut la chasser de la main, mais elle s'était accrochée à sa gorge.

– Des papillons vampires ! piailla-t-elle. Enlève-moi ça !

Quand Pip retira l'insecte, il n'aima pas sentir le petit corps velu entre ses doigts. Les papillons, de plus en plus nombreux, formaient un nuage autour de Flora, attirés par la goutte de sang luisant qui perlait sur sa peau. D'un coup d'épaule, Pip ôta son gilet de Snerg et fouetta l'air pour chasser leurs assaillants. La tête baissée, se donnant des claques dans le cou, les enfants prirent la fuite aussi vite que le permettait le sol marécageux. Parfois, l'un d'eux posait le pied au mauvais endroit et s'enfonçait jusqu'aux genoux. L'autre devait le tirer pour le sortir de là.

Enfin, ils réussirent à semer la nuée d'assaillants. La brume s'éclaircit un peu, le sol se raffermit. Les enfants ralentirent l'allure pour reprendre leur souffle. Soudain, une plainte stridente rompit le silence matinal.

Pip fit la grimace.

– C'est quoi, ça ?

– Si je ne me trompe pas, répondit Flora, haletante, tu viens de marcher sur une limace hurlante.

Le cri assourdissant s'éternisa, aussi glaçant que celui d'un loup hurlant à la lune. Arraché à son bienheureux sommeil, Tiger se réveilla en gémissant. Une deuxième limace répondit à la première, puis une troisième. Le concert de hurlements s'intensifia jusqu'à en devenir insupportable. Ne pensant qu'à fuir, Pip et Flora prirent de nouveau leurs jambes à leur cou. Rendus à moitié sourds par la complainte des limaces, les enfants réagirent trop tard lorsqu'ils distinguèrent des martèlements de sabots.

– Snergs en vue ! aboya une voix.

– Ils sont deux, ces petits vauriens ! Vite, ne les laissez pas s'échapper ! brailla un autre.

Les orphelins reprirent en vitesse la direction du marais, mais le fracas des sabots les rattrapait déjà. Des bras puissants attrapèrent les fuyards et les hissèrent dans les airs. Avant de pouvoir faire quoi que ce soit, Pip et Flora se retrouvèrent tous deux à cheval, pantelants, la poitrine immobilisée par un bras couvert d'une cotte de mailles comme s'ils étaient pris dans un étau. Lorsque les montures firent volte-face, la silhouette armée qui commandait le groupe brandit son épée en la faisant tournoyer au-dessus de sa tête.

– Malheur à tous les Snergs ! s'époumona-t-il. En avant, braves Varechs ! En route pour Oustrive !

CHAPITRE 27

Postée de l'autre côté de la rivière, en haut d'un arbre immense, une petite personne replia une longue-vue en cuivre puis descendit de son perchoir en s'accrochant aux branches. Au sol, un groupe d'hommes âgés chaussés de larges bottes, assis sur un tronc d'arbre abattu, mangeaient les sandwichs au concombre de miss Scadging tout en offrant un répit bienvenu à leurs pieds et à leurs genoux douloureux.

Pompo se laissa tomber de l'arbre puis rendit sa longue-vue au capitaine Vanderdecken.

– Avez-vous repéré quelque chose ? s'enquit la reine Mercy en repoussant le bec d'une autruche trop intéressée par son sandwich.

– Des Nouilles, Votre Majesté, répondit promptement Pompo en redressant sa casquette emplumée. Vêtues de fer, armées de lances, montées sur des galopeurs tachetés, queue et crinière au vent. Je suis au regret de vous rapporter rigoureusement, ô Rectiligne Reine, que j'ai vu ces brutes enlever les demi-Nouilles et partir en fulminant, de la plus féroce et fracassante manière.

– Des soldats varechs, répliqua la reine d'un ton lugubre. Gorbo était-il avec eux ?

Pompo secoua la tête.

– Il y avait une femme. Longue et droite, même pour une Nouille, drapée dans un châle violet. Elle est sortie du marais juste après leur départ.

– Celle qui porte du violet…, murmura la reine. C'est donc vrai : elle est revenue. Pas de temps à perdre ! Nous devons traverser la rivière. Heureusement que l'Inventrice en chef est avec nous. Le Trébusnerg est-il prêt ?

L'Inventrice en chef de la reine était une vieille Snerg au crâne particulièrement volumineux, ce qui lui permettait de conserver les idées de génie de toute une vie. Son front était creusé par les rides de la réflexion. Les yeux fixés sur des plans qu'elle avait tracés dans la terre, elle effectuait des calculs de dernière minute en comptant sur ses doigts. Au-dessus d'elle se dressait sa dernière invention : un triangle de planches qui soutenait une longue poutre, au bout de laquelle pendait quelque chose qui ressemblait à un grand sac en filet.

– Est-ce que ça fonctionnera ? s'enquit la reine.

– Forcément, la rassura l'Inventrice en chef. C'est de la physique. La physique fonctionne toujours. Ce sont les gens qui ne fonctionnent pas. Les poids désignés grimperont dans l'arbre.

Elle montra deux Snergs joyeux et replets.

– Ils prendront position sur cette branche, *là*, poursuivit-elle. À mon signal, ils se laisseront tomber de la branche pour atterrir sur la plateforme, *ici*. Alors la poutre basculera, ce qui libérera la fronde, et le projectile volera au-dessus de la rivière. Probablement.

– Où est le projectile ? demanda la reine.

Le projectile en question n'était autre que Wilmus, le jeune Snerg timide qui avait été le voisin de table de Flora, à la fête. Il portait un harnais en ficelle ; une bonne longueur de corde lui entourait le ventre. Il avait l'air un peu angoissé.

– L'extrémité de cette corde est attachée à l'arbre, expliqua l'Inventrice en chef, de sorte que, si je me suis un peu trompée dans mes calculs, le projectile finira sa trajectoire dans la rivière. Nous pourrons alors le ramener sur la rive.

– Avant que les crocopotames l'attrapent, ou après ? demanda Pompo.

– Je préférerais que ce soit avant, intervint Wilmus. Si ça ne dérange personne.

– Ce serait peut-être une bonne idée de lui mettre une casserole sur la tête, conseilla le capitaine Vanderdecken, qui avait l'expérience des situations dangereuses. Pour le protéger des chocs imprévus.

On trouva donc une casserole qu'on enfonça sur la tête de Wilmus. Comme elle était un peu trop grande, elle lui tombait sur les yeux.

– C'est mieux ainsi, l'encouragea la reine. Si tu ne vois rien, tu ne sauras rien, et si tu ne sais rien, tu éviteras de te faire du mauvais sang.

Le peu qu'on voyait de Wilmus indiquait qu'il n'était pas convaincu par ce qu'avançait la reine. Il se laissa toutefois docilement installer dans la fronde où il se roula en boule, selon les consignes de l'Inventrice en chef. Les poids désignés grimpèrent dans l'arbre en gloussant. L'Inventrice en chef se racla la gorge avant de procéder au décompte :

– 5… 4… 3… 2… 1… *Maintenant !*

Dociles, les poids sautèrent de leur branche. La poutre bascula. La fronde se releva brusquement. Une petite silhouette ronde fendit l'air, pareille à un boulet de canon du *Hollandais volant*. Tout le monde retint son souffle.

– Il a réussi ! s'exclama le capitaine, l'œil collé à sa longue-vue.

Des acclamations de joie s'élevèrent. Sur la rive d'en face, on distinguait quelque chose pendu à un pin, dans lequel la corde de Wilmus s'était prise. En bon Snerg, il se sentait à l'aise dans les branches, même avec une casserole enfoncée sur la tête, et il ne tarda pas à se redresser. À tâtons, il fit passer le bout de la corde autour du tronc et le noua fermement, de sorte que la corde s'étirait au-dessus de la rivière, comme le fil à linge d'un géant. Une main après l'autre, Wilmus revint en se suspendant à la corde. Sur la rive opposée, les spectateurs hoquetèrent d'angoisse, murmurant entre eux, lorsque l'eau se mit à bouillonner sous Wilmus. Dans une gerbe d'éclaboussures, un crocopotame aux écailles vertes jaillit, aussi énorme qu'épouvantable. Tout Snerg qui aurait le malheur de tomber dans sa gueule béante aurait atterri directement dans son estomac, sans même en toucher les parois. Heureusement pour Wilmus, ses orteils étaient hors de portée du monstre.

– Bien joué, Wilmus ! approuva la reine lorsque le Snerg revint sur la terre ferme. Je te décerne la Noix de muscade culottée de la Bravoure et te nomme Homme des nœuds royaux. Trouvez-moi du beurre ! ordonna-t-elle tandis que Wilmus rougissait sous sa casserole. Qu'on lui retire cette casserole.

– J'espère que cette corde supportera notre poids à tous, dit le capitaine Vanderdecken. Vos Snergs ont le cœur sur la main et un appétit vorace, madame, mais mes hommes sont plutôt lourds.

– La ficelle n'a pas de secret pour les Snergs, monsieur, le rassura la reine. Cette corde est un mélange de fil de pixie et de soie d'araignée.Elle tiendrait bon même si un troupeau d'éfélants s'y suspendait.

Pompo essayait de convaincre l'autruche de la reine d'enfiler le harnais conçu spécialement par l'Inventrice en chef pour que de gros oiseaux incapables de voler puissent franchir la rivière.

– Je nc peux pas m'empêcher de m'inquiéter pour Gorbo, déclara-t-il en tâchant de ne pas se faire pincer par l'animal. Il a beau être inexorablement et incontestablement insensé au plan intellectuel – en gros, il est un peu idiot –, il n'empêche qu'on se connaît depuis qu'on est snerguelets. J'espère que cette pauvre tête de pudding ne s'est pas fourrée dans une impasse périlleuse.

La reine soupira.

– Je crains le pire, avoua-t-elle. Mais qui sait ? Gorbo nous surprendra peut-être…

Où Gorbo essaie
d'être héroïque
sans y parvenir ;
le corps expéditionnaire
arrive à la cour des Varechs ;
des explications sont données,
y compris sur la véritable identité
du crapaud de la veuve Meldrum ;
et on en sait plus sur la façon
de différencier une bonne sorcière
d'une méchante sorcière.

CHAPITRE 28

Quelque part dans le marais, Gorbo s'arracha à un profond sommeil. Il avait passé une soirée inconfortable à cueillir des plantes au gré de ses errances, espérant tomber sur des mandragores. Une écurette de boue avait mis toute son énergie à s'enrouler autour de sa cheville pour tenter de le faire couler. Quand Gorbo avait pointé une flèche sur elle, la créature s'était rétractée dans la boue en lâchant des bulles. Ayant flairé sa piste, des gobelins des marais s'étaient faufilés entre les roseaux, se pourléchant les babines et baragouinant entre eux. Pour lutter contre le froid et la solitude, Gorbo avait fredonné un petit air :

Avec des couacs, je chanterai comme une casserole,
Même si je me trompe et que j'oublie les paroles…

Ce n'était pas une chanson digne de ce nom, mais il n'en fallait pas davantage : les gobelins ne supportent pas la gaieté. Frustrés, ils s'étaient tenus à distance.

Après avoir récolté assez de racines aux formes bizarres pour remplir le fond de son sac, Gorbo avait eu un petit creux. Se rappelant qu'il avait du pain d'épice dans la poche, il avait cherché de l'herbe sèche où s'asseoir, le temps de manger. Peu de temps après, roulé en boule, il avait sombré dans un profond sommeil. Les gobelins étaient revenus à pas furtifs. Leurs petites narines caoutchouteuses avaient repéré l'odeur des miettes de pain d'épice. Ne s'arrêtant que pour voler les flèches dans le carquois de Gorbo, les créatures s'étaient empressées de retourner dans leur trou humide. Un gobelin sait reconnaître l'odeur de la magie lorsqu'il la flaire.

Ce fut un coup de chance pour Gorbo que Pip marche sur une limace hurlante. Le cri fracassa ses rêves et le réveilla juste à temps : pendant qu'il dormait, il s'était enfoncé dans le sol, qui avait pris une texture visqueuse. Sans ce réveil brutal, Gorbo n'aurait pas tardé à être totalement englouti. Il souffla pour chasser la boue marécageuse de son nez puis roula hors du piège mortel.

– L'endroit idéal pour s'endormir, espèce de crétin ! se réprimanda-t-il. Et le moment idéal aussi, alors que tu as une mission importante à accomplir !

Il soupira puis ajouta :

– Tante Flumper a raison : tu es Gorbo l'idiot, irrémédiablement irresponsable, triste disgrâce pour la race des Snergs.

Il regarda dans son sac et examina le petit tas de racines qu'il avait récoltées. D'un doigt, il tâta l'une d'elles. Celle-ci se mit à couiner, de mauvaise humeur.

– Ça doit être de la mandragore, décida-t-il. Il est temps de rentrer chez la veuve. Avec un peu de chance, elle sera en train de préparer le petit déjeuner, à cette heure-ci !

– Kidnappés ?

Gorbo regarda la veuve Meldrum, les yeux remplis d'horreur.

– Comment ça ?

– Ils ont été enlevés par des soldats varechs, répondit la sorcière, qui avait retrouvé sa voix chevrotante.

De nouveau voûtée, elle avait enfilé sa cape de paysanne ainsi que ses chaussons en peau de rat.

– Ça finit toujours mal pour les vilains enfants ingrats qui fuient loin de leurs amis, déplora-t-elle. Je crains qu'ils ne soient en danger lorsqu'ils seront entre les griffes du roi Kool.

– Je n'aurais jamais dû partir ! se lamenta Gorbo. Vous aviez promis de veiller sur eux.

– Et toi, tu avais promis de me rapporter des mandragores, rétorqua sèchement la veuve en versant le contenu du sac sur la table de la cuisine. Ce n'est pas avec de banals panais des marais que je vais endormir une troll !

– Oubliez les trolls ! s'exclama Gorbo. Ça n'a plus d'importance, à présent... Je ne peux pas rentrer sans les enfants ! Quel genre d'ami ferait une chose pareille ? Que dirait miss Watkyns ?

– Oh, miss Watkyns...

La veuve Meldrum cracha dans les braises mourantes de l'âtre. Des étincelles fuchsia jaillirent à travers la cuisine, cc qui dérangea beaucoup le chat assoupi devant la grille du foyer.

– Je dois partir à leur recherche, affirma Gorbo. Sur-le-champ !

– Ils sont déjà à mi-chemin d'Oustrive à cette heure, le raisonna la veuve. Inutile de te précipiter comme un bouvillon piqué par une abeille. À peine auras-tu franchi les portes de la ville que quelqu'un te capturera et ira réclamer les dix-sept pièces d'argent de la récompense ! Allons, ce n'est pas comme si le ciel allait te tomber sur la tête, dit-elle en tapotant l'épaule de

Gorbo. Tout n'est pas perdu. Je peux t'aider. Attends ici.

Elle disparut quelques minutes. Gorbo resta dans la cuisine à faire les cent pas, s'arrachant les cheveux et se prenant les pieds dans les chats. La veuve revint avec trois paquets enveloppés de loques.

– Je ne les ai jamais montrés à âme qui vive, annonça-t-elle. Ces objets sont très anciens et imprégnés d'une magie puissante – trop pour le commun des mortels. Mais je vois que tu es un Snerg doté d'un fort caractère et d'un grand courage, né pour accomplir des actes héroïques.

– Hmmm, commenta le héros, dubitatif.

– Ceci, déclara la sorcière en déballant le premier paquet, est une Cape d'invisibilité. Mets-la et tu disparaîtras.

– Il y a déjà des parties qui ont disparu, fit remarquer Gorbo. Elle est pleine de trous.

– J'ai dit qu'elle était *ancienne*, contra sèchement la veuve. Non, ne l'essaie pas maintenant !

D'un geste brusque, elle mit la cape hors de portée de Gorbo et enchaîna :

– La magie ne marche qu'une fois par individu. Si tu gâches ton tour, tu n'en auras pas d'autre… Cette cape te sera utile si tu veux te rendre au palais du roi Kool. Voici ensuite… la Badine de la mort.

– Une brindille, quoi, constata Gorbo.

– Ça *ressemble* à une brindille, rectifia la sorcière. Mais quand tu frappes quelqu'un avec, elle se transforme en une dague forgée dans le métal le plus brillant et le plus affûté qui soit. Une lame qui ne peut pas manquer sa cible.

– Et quelle est cette cible ? demanda Gorbo, mal à l'aise.

– Le roi Kool, bien sûr !

Le Snerg recula d'un pas.

– Je ne suis pas vraiment quelqu'un de violent…

– Je pensais que tu étais un cœur noble, lui reprocha Meldrum. Je croyais que tu voulais secourir ces enfants.

– Oui, plus que tout ! assura Gorbo. Toutefois… j'espérais parvenir à un arrangement avec le roi Kool en disant quelque chose comme : « Bonjour, ravi de vous rencontrer, il y a eu un petit malentendu, ne m'en veuillez pas… »

– Impossible ! trancha la sorcière. Le roi est une brute. Si tu n'es pas le premier à frapper, ta tête roulera par terre en moins de temps qu'il n'en faut pour le dire. C'est ta seule chance de sauver ces enfants.

Gorbo déglutit.

– Et supposons que je le frappe ? Que se passera-t-il alors ?

– Alors, répondit la veuve en déroulant le troisième paquet, tu enfileras les Sandales de la vélocité… et tu t'enfuiras. Ni trop vite ni trop loin : chaussé de ces sandales, tu te retrouverais au fin fond de l'Afrique ou au pôle Nord sans même t'en rendre compte ! La magie de ces objets est extrêmement puissante. Attention : comme la cape et la dague, tu n'auras droit qu'à une utilisation. Ne sois pas tenté de les essayer avant d'en avoir besoin, sinon ils perdront leur pouvoir.

– Mais si je prends la fuite, s'inquiéta Gorbo, qu'arrivera-t-il aux enfants ?

– Laisse-moi m'en charger, répondit la veuve Meldrum. Je m'occuperai d'eux. Viens, il n'y a pas de temps à perdre. Tu dois harnacher M. Popcorne à la charrette. Il nous conduira là-bas aussi vite qu'il le pourra.

– Oh, dit Gorbo, retrouvant un peu de courage. Vous m'accompagnez ?

– Bien entendu !

La veuve sourit puis ajouta :

– Crois-tu que je manquerais ça ? Pas pour tout l'or d'Oustrive !

CHAPITRE 29

C'était jour de marché à Oustrive. Quand les soldats franchirent les portes de la ville dans un bruit de ferraille, l'apparition de leurs prisonniers provoqua une vive agitation.

– Des Snergs ! Sir Percival a pris une brassée de Snergs dans ses filets !

– Saletés de boulettes !

Quelqu'un leur jeta une tomate ; le fruit atterrit sur l'épaule de Flora. Pip attrapa un oignon au vol et le relança dans la foule.

– Quelle violence ! marmonnèrent les badauds. De vraies bêtes sauvages !

Après avoir été ballottés en selle, les enfants perclus de douleurs avaient des bleus partout. Et voilà qu'on leur faisait brutalement mettre pied à terre. Les soldats en armure les malmenèrent sous les huées, cris et sifflets : « Qu'on leur tranche la tête ! Qu'on les jette aux mille-pattes ! »

– En avant, marche ! aboya une voix. Allons voir le roi !

Le roi Kool se trouvait dans la salle des Banquets. Même au petit déjeuner, il rayonnait de majesté avec sa longue barbe et sa panse généreuse. Les pierres précieuses étincelaient sur sa couronne ; il portait une cape en velours bleu ciel brodée d'or et une culotte d'un superbe rose crevette. Sa royale progéniture l'entourait. Après que sa première épouse eut sauté dans la mare aux nénuphars du palais, il était resté célibataire de nombreuses années. Cependant, à l'instar des grenouilles qui se doivent d'avoir des têtards, les rois se doivent d'engendrer des princes et des princesses. Le temps passa, et le roi épousa une nouvelle reine. Hélas, celle-ci avait glissé de la première à la dernière marche de l'escalier beurré par Baldry. Après avoir pansé la pauvre femme, les médecins royaux lui avaient recommandé de garder le lit. Sans leur mère pour les tenir à l'œil, les princes et princesses devenaient incontrôlables, étalant beaucoup trop de confiture sur leurs muffins.

Couronne, trônes, coupes, bols de porridge : dans la salle des Banquets, chaque objet était en or brillant. Les courtisans avaient pris place de chaque côté de la Haute Table sur de longs bancs entre lesquels s'affairaient des serviteurs, tenant en équilibre plats et pichets. De grands chiens varechs cherchaient des restes, la truffe au ras du sol, remuant la queue. Le roi était flanqué d'un côté par un jeune page attentif, un peigne d'or à la main, prêt à ôter les miettes de muffin qui se prendraient dans sa longue barbe argentée ; de l'autre, par un ménestrel qui grattait un luth. Le roi Kool aimait commencer la journée avec l'hymne national des Varechs.

Être un Varech, y a rien de meilleur,
Car les Varechs sont les plus forts.
Oustrive scintille, couverte d'or,
Belles demoiselles, braves chevaliers,
Côte à côte vaincront les dangers,
Ignobles Snergs et autres étrangers…

Les gardes à la porte décroisèrent leurs lances pour laisser passer sir Percival et ses prisonniers.

– Des Snergs, Votre Majesté, annonça le chevalier en s'inclinant. Nous les avons surpris en train de rôder aux abords du marais de la Désolation.

À son signal, Flora et Pip furent jetés sans ménagement sur le sol de pierre.

Des chuchotements coururent parmi les courtisans assis sur les bancs, dans un bruissement de soie et de velours.

– Des Snergs !

– En chair et en os ! Avec un chien snerg, en plus !

– Est-ce qu'ils mordent ?

– Il paraît qu'ils sont venimeux…

– Qu'on les attache !

– Qu'on les jette au cachot !

– Qu'on leur tranche la tête !

– On n'est pas des Snergs ! protesta Pip.

– Ils parlent ! s'étonna une dame à la coiffure élaborée. Je croyais que les Snergs ne savaient que grogner.

– J'ai entendu dire qu'ils vivaient dans les arbres, souffla une autre. Comme des animaux.

– Et regardez leur tenue ! s'exclama une troisième en lissant les pans de ses jupes.

Elle frissonna à la vue de la culotte de Flora.

– Ils ne ressemblent pas beaucoup à leur statue, fit remarquer la benjamine des princesses qui essayait de fourrer un grain de raisin dans la narine de son petit frère.

Tous les yeux se tournèrent vers un coin de la salle, où une statue de bronze représentait un Varech monté sur un destrier, prêt à pourfendre l'ennemi avec une lance. L’ennemi en question, petit, robuste et le regard diabolique, dévoilait ses longs crocs alors qu’il tentait de mordre la jambe du cheval.

– C’est censé être un Snerg, ça ? Si oui, ce n’est pas du tout ressemblant ! commenta Flora d’un ton critique.

Sir Percival s’éclaircit la voix.

– Si la statue ne ressemble pas du tout à un Snerg, et que les prisonniers ne ressemblent pas vraiment à la statue… Cela n’est-il pas justement la preuve de leur snerguitude ?

Des murmures accueillirent favorablement cette question. Le roi Kool observa Pip et Flora avec attention.

– Parlez, boulettes ! Que faisiez-vous sur mes terres ? Êtes-vous venus nous espionner, ou nous dérober notre royal trésor?

– Ni l’un ni l’autre, répondit Pip. On est là par erreur. On n’a aucune envie d’être ici. On veut rentrer à Sunny Bay.

– Chez nous, renchérit Flora. On veut rentrer chez nous.

– Mensonges, Votre Majesté ! s’enflamma sir Percival. Je propose qu’on les suspende au-dessus d’une fosse pleine de mille-pattes à dents de sabre. On les y plongera petit à petit. Le temps qu’ils aient les pieds dedans, ils auront confessé leurs noirs desseins.

Apparemment, tout le monde trouva l'idée sensée. Sir Percival aboya un ordre. De lourdes mains empoignèrent les enfants par le col.

– Non ! Lâchez-moi ! s'écria Flora.

Elle se tortilla et donna des coups de pied. Tiger grognait dans ses bras.

– Attendez…

Pip était à moitié suspendu au-dessus du sol, prisonnier d'un poing recouvert d'un gant de fer, lorsqu'il regarda le roi Kool droit dans les yeux.

– Il a dit qu'il vous bernerait, ajouta-t-il.

Les sourcils argentés du roi se touchèrent lorsqu'il les fronça.

– Me berner ? Moi ? Qui a osé dire une chose pareille ?

– Votre bouffon, Baldry, répondit Pip. Il voulait obtenir la récompense offerte pour notre capture. Il a dit que vous aviez plus de poils dans votre barbe que de bon sens et qu'il n'aurait aucun mal à vous faire croire que nous étions des Snergs !

Le silence s'étira. Les courtisans retinrent leur souffle. Pip et Flora firent de même.

– Personne, déclara enfin le roi, je dis bien *personne* ne joue des tours au roi Kool d'Oustrive. Je ne suis pas du genre à me laisser facilement tromper, quoi qu'en pense ce bouffon insolent ! Pas une seconde je n'ai pensé que vous étiez des Snergs. Bien sûr, sir Percival est tombé dans le panneau, le pauvre, mais pas moi. Vous parlez de Snergs ! Ha ha ! Quelle idée ! Il suffit d'avoir un peu de jugeote pour voir que vous n'êtes pas assez larges !

– Ha ha ! Des Snergs ! En voilà une idée ridicule ! ricanèrent les courtisans, pressés de montrer qu'ils n'étaient pas aussi bêtes que sir Percival.

– Pourtant, ils portent des vêtements snergs, protesta le chevalier. Et s'ils n'en sont pas… que sont-ils donc ?

– Des étrangers !

Les courtisans ne ricanaient plus.

– Pas des Varechs.

– Pas des nôtres !

– Différents !

– Que sont-ils ?

– Des orphelins, répondit Flora en poussant un soupir aussi long que tragique. Des enfants superflus et involontairement orphelins. Seuls et perdus. Et terriblement affamés…, ajouta-t-elle en lorgnant le royal petit déjeuner.

– Des enfants ?

– Ce ne sont que des enfants !

Les courtisans se concertèrent à voix basse.

– Pauvres petits, ils sont perdus…

Il y eut une autre longue pause pendant laquelle tous regardaient le roi Kool, qui entortillait sa barbe d'un air songeur.

Je vous en supplie, songea Pip. *Pitié, pas les mille-pattes.*

Le roi frappa dans ses mains, ce qui fit sursauter tout le monde.

– Qu'on apporte des fauteuils supplémentaires ! ordonna-t-il. Oublions les mille-pattes. Laissons ces jeunes gens faire un brin de toilette et revêtir une tenue moins… snergueuse. Ensuite, ils se joindront à nous pour le petit déjeuner. Sir Percival, emmenez vos hommes. Trouvez-leur une meilleure occupation que d'arrêter des enfants innocents !

Pip et Flora furent emportés, astiqués, brossés. Puis ils durent enfiler de force des habits empruntés aux princes et princesses varechs. Pip portait une cape de velours accrochée à une épaule avec un chapeau assorti, orné d'une plume qui lui chatouillait l'oreille. Flora se prenait les pieds dans les plis de sa robe de soie brodée d'abeilles. Son hennin, une très haute coiffe pointue, agrémenté d'un voile léger, ne cessait de glisser sur le côté. Ses chaussures étaient trop petites et sa culotte de Snerg lui manquait.

Après l'avoir détaillée de la tête aux pieds, Pip sourit.

– On dirait une poupée. Avec un chapeau vraiment bizarre.

Flora lui jeta un regard noir.

– Parle pour toi ! rétorqua-t-elle. Tu ne t'es pas regardé : tu es tout à fait ridicule.

De retour dans la salle des Banquets, ils virent qu'on leur avait fait une place à la Haute Table. Le roi Kool tenait tant à prouver qu'il ne les avait jamais pris pour des Snergs qu'il se leva de son trône pour remplir leurs assiettes d'or de sa royale main. Alors que, penché, il choisissait pour Flora un muffin particulièrement joufflu qu'il s'apprêtait à beurrer pour elle, un événement inattendu survint…

CHAPITRE 30

Une petite boule drapée d'une cape mangée aux mites plongea sous les lances entrecroisées des gardes et se rua vers la Haute Table. Grimpant les marches deux à deux, elle brandit une longue brindille semblable à une cravache qu'elle abattit violemment sur le derrière du roi Kool.

Les spectateurs en restèrent bouche bée. Des chiens aboyèrent. Des fauteuils raclèrent le sol. Des couverts d'or tombèrent avec fracas. Le roi poussa un cri.

– Gorbo ! s'exclamèrent les enfants.

– Ne restez pas plantés là ! s'époumona Kool à l'intention des gardes. Faites quelque chose ! On m'assassine !

L'assassin avait un drôle de comportement : on aurait dit qu'il changeait de chaussures.

– Gorbo, sauve-toi ! le supplia Pip. Va-t'en !

– Ne t'inquiète pas pour moi, le rassura Gorbo en ajustant une de ses sandales. Dès que j'aurai enfilé ces Sandales de la vélocité, je disparaîtrai en un rien de temps.

Jetant un coup d'œil sceptique à la Badine de la mort puis au roi Kool, qui paraissait bien vivant, le Snerg ajouta :

– Quoique les choses ne se déroulent pas tout à fait comme elle l'avait dit. Je ne suis pas sûr non plus que cette Cape d'invisibilité fonctionne… Zut, déplora-t-il quand les gardes l'empoignèrent par les bras.

– Enfermez-le ! explosa le roi en tenant son postérieur meurtri. Qu'on le jette en pâture aux mille-pattes ! Qu'on fasse venir le Très Grand Exécuteur des hautes œuvres !

– L'Exécuteur ! L'Exécuteur ! scandèrent bruyamment les courtisans. Qu'on lui tranche la tête !

– Il n'y a plus d'Exécuteur, Votre Majesté, avoua l'un des gardes. Ça fait tellement longtemps qu'on n'a pas tranché de tête qu'il a pris sa retraite… Il a raccroché sa hache. Maintenant, il cultive des roses, dans une petite chaumière près de la rivière.

– Dans ce cas, j'espère que les mille-pattes ont faim, rugit le roi avec mauvaise humeur. Enchaînez cette fripouille – et attention à vos doigts, qu'il ne les morde pas ! On voit bien qu'il est dangereux.

– S'il vous plaît, ne lui faites pas de mal ! supplia Pip. Il est inoffensif… C'est juste Gorbo.

– C'est à cause de la sorcière, intervint Flora. C'est elle qui lui a dit de faire ça.

Les sourcils argentés du roi se hérissèrent.

– Billevesées ! Il n'y a pas de sorcière à Oustrive ! objecta-t-il. Bon, que se passe-t-il encore ? Un roi ne peut-il donc pas petit-déjeuner en paix ?

Un soldat en armure, hors d'haleine, s'était arrêté sur le seuil dans un bruit de ferraille.

– Un message pour Sa Majesté. Urgent. Des étrangers sont à nos portes. De petites personnes perchées sur des oiseaux monstrueux.

– Des Snergs…

De nouveau, les chuchotements firent le tour de la salle.

– Ils ne sont pas seuls, précisa le soldat. De vénérables grands-pères chaussés de grosses bottes les accompagnent. Sir Percival les a défiés, mais ils refusent de se battre. Ils souhaitent s'entretenir avec vous, Votre Majesté.

– Oui, eh bien moi, je ne souhaite pas m'entretenir avec eux, trancha le roi, hors de lui. Ne les laissez pas entrer !

– Oui, Votre Majesté. Sauf que… je crains qu'ils

n'aient pris la liberté de le faire. Leurs oiseaux sont vraiment gigantesques, se justifia le soldat. L'un d'eux a marché sur le pied de sir Percival.

– Alors, qu'ils viennent s'expliquer s'ils en sont capables ! céda Kool en faisant un geste agacé en direction de Gorbo. Sinon… nous les jetterons tous aux cachots et mettrons leurs oiseaux à rôtir pour le dîner !

Pompo fut le premier à entrer. Il souffla dans sa corne avec emphase.

– On se demande bien pourquoi ils l'ont amené, celui-là, grommela Gorbo, dont seuls la tête et les pieds dépassaient de son cocon de chaînes.

– Sa Majesté la merveilleuse reine Mercy, la plus menaçante, magnanime et magistrale monarque, souveraine scintillante et superlative du pays des Snergs et de ses Environs, annonça Pompo. Ainsi que le capitaine Vanderdecken et l'équipage carpophage le plus acrimonieux et confusionnel du *Hollandais volant*.

Une vague agita les Varechs quand l'autruche de la reine s'avança parmi eux. Flanquée de ses autruchiennes, la reine Mercy, très droite, était perchée sur l'oiseau, coiffée de sa haute couronne. À ses côtés, le capitaine Vanderdecken marchait en tête de son équipage dans un bruissement de moustaches et un martèlement de lourdes bottes.

Les deux souverains se saluèrent en s'inclinant avec raideur. Le capitaine et ses hommes soulevèrent leurs chapeaux en claquant leurs talons.

– Salut à vous, déclara le roi d'un ton très formel.

– Nous venons en paix.

Le regard brillant de la reine Mercy balaya la salle puis s'arrêta sur les deux orphelins.

– Nous sommes à la recherche de ces enfants, que nous souhaitons renvoyer chez eux. Un de mes sujets s'est également égaré.

– J'imagine que vous parlez de cet individu ? demanda le roi avec amertume en désignant Gorbo.

– Tu m'as l'air bien empêtré, Gorbo, fit remarquer la reine Mercy en soupirant. Dans quel pétrin t'es-tu encore fourré ?

– Coup et blessure délibérés sur une royale personne, se plaignit le roi. Par pure bonté d'âme, je régalais ces enfants de muffins quand mon postérieur a subi une agression gratuite. Des hématomes y fleuriront, nécessitant la pose de coussins supplémentaires sur le trône.

– Gorbo tentait de nous sauver, s'empressa d'expliquer Flora pour défendre le Snerg. Il y a eu quelques méprises… mais il s'est montré très courageux.

– Si attaquer quelqu'un par-derrière alors qu'il beurre un muffin est ta définition du courage…, commenta le roi Kool avec un reniflement dédaigneux.

– Tout ça, c'est la faute de la sorcière, vitupéra Pip. La veuve Meldrum.

– Je le répète : il n'y a pas de sorcière par ici, rétorqua sèchement le roi. La magie sous toutes ses formes est interdite. Meldrum ? Jamais entendu parler.

– Mais si, vous la connaissez ! insista Pip. C'est la sorcière qui a…

Il s'interrompit. Quelque chose lui disait que le roi Kool serait peut-être sensible à ce qui était arrivé à sa première épouse.

– Quoi ? exigea le roi. C'est la sorcière qui a quoi ?

Pip prit une profonde inspiration.

– C'est celle qui a transformé votre femme en… en… grenouille.

Cette révélation fut accueillie par un silence stupéfait. Les courtisans toussotèrent en s'agitant. Tous les regards convergeaient vers le roi Kool. Celui-ci fronçait tellement les sourcils qu'ils lui glissaient presque le long du nez. Bombant le ventre, il se leva, se hissa sur la pointe des pieds et tira sur sa belle barbe bouclée.

– Ma première épouse a bel et bien été victime d'un accident de nature batracienne, concéda-t-il sévèrement. Mais celle dont le cœur tordu est à l'origine de cette malédiction ne s'appelait pas Meldrum. Elle s'appelait… Watkyns.

CHAPITRE 31

Depuis qu'ils avaient quitté Sunny Bay, Pip et Flora étaient allés de surprise en surprise. Mais que miss Watkyns puisse avoir transformé qui que ce soit en grenouille était de loin l'idée la plus ahurissante qui soit !

– Non, protesta Pip en secouant la tête. Miss Watkyns ne croit même pas aux sorcières ! Quand bien même elle aurait des pouvoirs magiques, elle ne serait vraiment pas du genre à changer les gens en grenouilles.

– Ça, renchérit Flora, ce serait forcément contre le règlement.

– Miss Watkyns est une dame tout à fait respectable, aux manières impeccables, ajouta le capitaine Vanderdecken, la barbe en avant. Tout homme qui lui manquera de respect devra en répondre, à mes hommes et à moi !

Lançant un regard noir au roi Kool, il porta la main à son mousquet. Par loyauté envers leur chef, les membres de l'équipage cherchèrent leurs armes à tâtons. Les gardes se mirent en position. Leurs lances s'entrechoquèrent bruyamment.

– Attendez ! ordonna la reine Mercy en tirant sur les rênes de son autruche, qui frappait le sol de ses pattes. Baissez vos armes. Vous incommodez mes oiseaux. De même que l'entrée précède toujours le pudding, les explications précèdent toujours le combat. C'est la coutume chez les Snergs. Dans notre situation, l'explication est parfaitement simple. Gorbo va vous la donner.

– Qui ? Quoi ? Moi ?

Toujours enchaîné, le Snerg afficha un air inquiet.

– Raconte-leur ce que tu as trouvé sur la plage, ce jour-là, l'encouragea la reine Mercy.

– Oh, ça ! C'était... il y a longtemps, répliqua Gorbo. Pas tant que ça en années snergs, mais j'ai remarqué que le temps a tendance à sautiller chez les Nouilles. Je me promenais hors des bois, par une de ces journées où l'on suit son instinct pour voir où il nous mène. Le mien m'avait conduit sur la plage de Sunny Bay, où je comptais ramasser des coquillages. J'en avais les poches pleines et je venais de souffler dans une belle conque quand j'ai remarqué une boîte en fer, ballottée par les flots. Il ne faut jamais ignorer une boîte : elle pourrait contenir des biscuits. Comme celle-ci faisait du bruit, je suis allé la récupérer. À l'intérieur, pas de biscuits. Des bébés. Deux petites crevettes roses, enveloppées dans une nappe.

– Je n'en crois pas un mot, cracha Kool. Jamais entendu de telles fariboles ! Qui jetterait des bébés à la mer dans une boîte ?

– J'ai bien vu que c'étaient des Nouilles, reprit Gorbo. De drôles de petites créatures à longues pattes. L'une, très calme, posait sur moi un regard d'une gravité profonde. L'autre hurlait, furieuse comme une mer agitée par la tempête. Pas de noms, pas d'objets hormis un petit collier de perles au cou de chacune. Je voulais les garder, les emmener au pays des Snergs, mais il fallait compter une journée de marche à travers bois. Les petites créatures avaient besoin de lait. Je n'avais rien à leur donner, à part de la ficelle et des coquillages. Alors… j'ai voulu les mettre à l'abri. Il y avait une demeure à Sunny Bay, derrière de hauts murs. Je savais qu'on y hébergeait des enfants ; des petits qui n'avaient nulle part où aller. Là-bas, on s'occuperait d'elles, me suis-je dit. Je suis donc monté sur la falaise avec la boîte, que j'ai déposée devant le portail.

Gorbo s'effondra piteusement dans ses chaînes.

– Quel méchant Snerg au cœur de pierre et à l'esprit rabougri je fais ! se réprimanda-t-il. J'ignorais…

– L'orphelinat de Sunny Bay était très différent, à l'époque, précisa la reine Mercy, prenant le relais. C'était un endroit sombre et triste, dirigé par la pire des Nouilles – du genre cruel, à aimer faire souffrir –, du nom d'Adolphus Bunphatt. Des rumeurs sur les conditions de vie éprouvantes des jeunes pensionnaires étaient arrivées jusqu'au pays des Snergs. Quand Gorbo m'a raconté ce qu'il avait fait, je me suis inquiétée pour ces petites Nouilles. Un Snerg les avait sorties des eaux. Comment pouvions-nous les abandonner ? Au fil des années, j'ai envoyé quelques-uns de mes sujets effectuer de menus travaux à l'orphelinat, afin qu'ils me donnent des nouvelles. C'était toujours la même chose : les deux filles étaient aussi semblables que deux haricots à l'extérieur, mais complètement différentes à l'intérieur. L'une, Felicia, plus sage, plus calme, savait se tenir à l'écart des ennuis. L'autre, Malicia, enfreignait toutes les règles à la première occasion. Plus on la punissait, plus sa colère grandissait et plus elle devenait pénible.

» Une nuit, quinze années nouilles après que Gorbo eut découvert les deux sœurs, un incendie s'est déclaré à l'orphelinat. C'est Felicia qui a donné l'alerte et emmené les enfants en lieu sûr. À la suite de ce tragique incident, Malicia est restée introuvable. Elle s'était volatilisée – de même qu'Adolphus Bunphatt. On en a conclu qu'ils avaient péri dans les flammes.

Pip fronça les sourcils en repensant à ce qu'il avait vu dans la cuisine de la sorcière : les chats, la maison en pain d'épice, le crapaud dans sa cage… Il se souvint de la grenouille jaune et rouge qui sautait sous la table, comme autrefois l'épouse du roi Kool avait sauté dans la mare aux nénuphars. Sur combien d'autres personnes la sorcière avait-elle pointé son parapluie violet ? Et où avait-elle trouvé ce crapaud ?

– Je ne crois pas que M. Bunphatt ait péri…, réalisa Pip en frissonnant. Je pense plutôt… Je suis même presque sûr qu'elle l'a transformé en crapaud.

À côté de lui, Flora retint son souffle.

– Monsieur B. !

– Je ne dis pas que c'est bien de s'amuser à changer les gens en crapauds, reconnut la reine Mercy. Cela dit, certains individus ne méritent pas mieux. Si vous aviez connu Adolphus Bunphatt en tant que Nouille, son sort vous paraîtrait peut-être mérité. C'est Malicia qui avait mis le feu à l'orphelinat, bien entendu. Elle voulait que sa sœur prenne la fuite avec elle, mais

Felicia refusa de laisser les autres enfants brûler dans leurs lits. Elle resta au refuge, envers et contre tout. Flora et Pip, vous la connaissez sous le nom de miss Watkyns. Quant à l'autre miss Watkyns, nous avons fini par apprendre qu'elle était bien vivante, qu'elle avait traversé la rivière et qu'elle se trouvait en terres varechs.

– Je ne veux pas entendre parler de cette femme ! déclara le roi Kool d'un ton maussade. Pendant des années, je me suis efforcé d'oublier ce qu'elle a fait. Ça vous aurait plu, à vous ? Le jour de vos noces ? De voir la mariée s'éloigner en bondissant sur ses petites pattes palmées pour se jeter dans la mare ? Et cette sorcière… Elle restait plantée là, à s'esclaffer ! J'aurais dû la jeter en pâture aux mille-pattes ou l'enfermer dans mon cachot le plus profond, dont j'aurais fait fondre la clé. Je refuse qu'elle revienne. Hors de question !

Il frappa du poing sur la table, faisant s'entrechoquer les coupes et assiettes d'or et sursauter les courtisans.

– Si vous dites vrai, poursuivit-il, alors sir Percival doit l'arrêter sur-le-champ. Elle n'échappera pas à mon courroux une seconde fois !

– Elle n'est pas seule, l'avertit Pip. Il y a aussi Golithos, à l'haleine putride et aux crocs acérés. C'est son fils.

– Golithos ? répéta le roi en fronçant les sourcils.

N'est-ce pas l'individu qui nous a causé tous ces ennuis il y a quelques années ? À l'époque des disparitions… Vaches, moutons, enfants…

– Il a aussi nui aux Snergs, l'informa la reine Mercy. Sa gourmandise l'a mené trop loin : il est allé jusqu'à Sunny Bay. Miss Watkyns l'a surpris en train de regarder par-dessus les murs de l'orphelinat. Ne pouvant tolérer une chose pareille, elle l'a… convaincu d'opter pour un autre régime alimentaire.

– Mais…

Les sourcils froncés, Pip essayait de se rappeler ce qu'il avait entendu lorsqu'il espionnait la veuve Meldrum, dans sa cuisine.

– Golithos se plaignait de ne plus pouvoir manger d'enfants à cause d'un sort jeté par une méchante sorcière qui lui avait donné mal aux dents…

Il laissa sa phrase en suspens tandis qu'il assemblait les pièces du puzzle dans sa tête.

– Il y avait une autre sorcière, reprit-il lentement, sans trop y croire lui-même. Sauf que celle-là n'était pas méchante. C'était…

Flora conclut à sa place :

– C'était miss Watkyns !

La reine Mercy approuva d'un hochement de tête.

– En grandissant, les sœurs ont développé des talents

particuliers. Malicia s'est toujours amusée à les utiliser pour faire des bêtises tandis que Felicia n'avait recours aux siens que dans les cas extrêmes. Un ogre enfantivore à proximité d'un orphelinat en était un. Elle a fait ce qu'elle pensait être le mieux… sans savoir que cet ogre-là était son neveu, ajouta la reine.

– Elle aurait pu le transformer en n'importe quoi et la seule idée qui lui est venue, c'est d'en faire un végétarien ? demanda Flora, déçue.

– C'est après ça que miss Watkyns a sécurisé le portail, expliqua la reine.

– Quel portail ? s'enquit Pip.

– Vous-mêmes l'avez franchi – même si à vos yeux, ce n'était qu'une fente dans un if, répondit Mercy. Comment croyez-vous être arrivés au pays des Snergs ? Le portail est toujours fermé, sur ordre de miss Watkyns, pour que les deux mondes restent séparés. Nous, les Snergs, en détenons la clé.

– Comment faites-vous pour verrouiller un portail invisible ? voulut savoir Flora.

– Avec des mots, répliqua la reine. Les mots sont la clé de bien des choses. Nous-mêmes empruntons rarement ce portail et avons promis de toujours le fermer derrière nous. Mais l'un d'entre nous…

Elle regarda Gorbo, qui baissait la tête, et ajouta :

– Qui selon moi n'est ni le plus malin ni le meilleur des Snergs… L'un d'entre nous a oublié de le faire.

– Je n'ai pas oublié la formule, se justifia Gorbo, coupable. Je la connais :

Portail, ouvre-toi en grand, par pitié.

Je souhaite me rendre de l'autre côté.

Non, attendez…

Son front se plissa sous l'effort de la concentration. Il se corrigea :

– Je me trompe. Ça, c'est ce qu'on dit pour ouvrir le portail. Pour le refermer, c'est :

Avec ces mots, je tourne la clé

Pour que l'arbre ne laisse plus rien passer.

Ensuite, il faut tourner trois fois sur soi-même, toucher son oreille gauche avec la main droite et son pied droit avec la main gauche. Hélas, admit Gorbo, il est possible que j'aie touché mon oreille droite avec la main gauche et mon pied gauche avec la main droite. Peut-être que j'avais la tête ailleurs…

– Ou nulle part, rectifia sévèrement la reine. Avec le sac en filet qui te sert de cerveau, tu as causé bien des ennuis, Gorbo.

– Pire que ça ! Ce personnage est un criminel ! se plaignit le roi Kool. C'est mon prisonnier, qui attend d'être puni pour ses forfaits.

– Il ne l'a pas fait exprès ! S'il vous plaît, ne lui faites pas de mal, le supplia Pip.

– Pas les mille-pattes, l'implora Flora.

– Toute agression sur une royale personne, par-devant ou par-derrière, est un acte de trahison passible de moments extrêmement désagréables, trancha le roi. C'est la loi et on ne la discute pas, à moins que…

– À moins que quoi ? demandèrent en chœur Pip, Flora et la reine Mercy.

– À moins qu'il ne paie pour son crime avec son poids en or, suggéra Kool.

Après avoir lorgné Gorbo, il ajouta :

– Ce qui devrait en représenter une belle quantité.

– Les Snergs n'utilisent pas l'or pour leurs transactions, l'informa la reine d'un ton grave. Nos trésors, ce sont la lueur des étoiles, les arcs-en-ciel et les gouttes de rosée sur les toiles d'araignées.

– Dommage, déplora le roi. Qu'on prépare la fosse aux mille-pattes !

– Vous n'avez pas assez d'or comme ça ? demanda Pip en regardant autour de lui.

– *Assez* d'or ? répéta le roi, stupéfait. A-t-on jamais entendu une chose pareille ? Rien n'est aussi beau pour l'âme que l'éclat de l'or.

– Mon père disait la même chose de la pâte à tarte

dorée à l'œuf, se remémora Gorbo dans un soupir qui fit cliqueter ses chaînes. Il était boulanger, vous savez. Rien n'est meilleur qu'une bonne tarte…

– Mmm, de la tarte…

Les Snergs se concertèrent brièvement. La reine Mercy fit signe à Pompo d'approcher et lui chuchota quelque chose à l'oreille. Redressant les épaules, Pompo souffla dans sa corne.

– En échange de la pitoyable existence de ce prisonnier pestiféré, ventripotent et aussi stupide qu'un pigeon…

– Hé, on se calme ! protesta Gorbo.

– Sa Rayonnante Rondeur la reine des Snergs propose en guise de rançon le poids du prisonnier en tartes, termina Pompo.

Le silence se fit. Puis le roi demanda :

– Quel genre de tartes ?

– Ce que vous voulez, répondit la reine Mercy. Nous avons un Chef pâtissier aussi excellent qu'ingénieux. Il vous les préparera selon vos instructions.

– C'est tellement plus original que de l'or ! ajouta Flora pour encourager le roi. Et l'avantage, c'est que ça ne prendra pas la poussière.

Des murmures accompagnés de nombreux hochements de tête approbateurs se répandirent parmi les courtisans tandis que le roi fronçait les sourcils en tirant sur les boucles argentées de sa barbe.

– Soit, déclara-t-il enfin. J'accepte votre proposition. Qu'on libère le Snerg !

Pendant qu'on dépêtrait Gorbo de ses chaînes, le roi congédia ses courtisans et ses enfants puis entreprit de déguster un second petit déjeuner avec le corps expéditionnaire.

– Nous devons débattre de sujets importants, annonça-t-il. Il faut s'occuper de cette sorcière et de son ogre de fils. Varechs, Snergs et Nouilles – le temps est venu de mettre de côté nos différends.

Son regard s'arrêta sur Pip et Flora.

– Tout ça, c'est l'affaire des adultes, dit gentiment le roi Kool. Les enfants, le Chancelier des sacs de monnaie va vous donner un penny d'argent à chacun. Courez donc vous acheter un petit souvenir à emporter chez vous.

Le marché d'Oustrive, toujours très animé, grouillait de Varechs qui se bousculaient en criant. Il y régnait une odeur d'oignons et de crottin de cheval. Personne ne prêta attention à deux enfants et un chien.

– J'espère qu'ils attraperont Malicia – ou la veuve Meldrum, peu importe son nom – avant qu'on nous renvoie à Sunny Bay, confia Flora. Sinon, on ne connaîtra jamais la fin de l'histoire.

– Et que de complications autour du portail ! s'amusa Pip. Tu imagines miss Watkyns en train de faire tous ces gestes ? Tourner sur elle-même, toucher son oreille droite avec la main gauche et son pied gauche avec la main droite…

– Tu es aussi nul que Gorbo, lui reprocha Flora. C'est l'inverse ! On doit toucher son oreille gauche avec la main droite et le pied droit avec…

Elle s'interrompit en riant. À force d'attraper ses oreilles et ses pieds, Pip s'était emmêlé les bras.

– Pas comme ça ! corrigea Flora. Comme ça…

Elle écarta les bras, tel un oiseau. Les deux amis se mirent à tourner sur eux-mêmes, s'étourdissant davantage, pendant que Tiger dansait autour d'eux en jappant. Enfin, pris de vertige, Pip s'effondra. Il resta étalé sur le dos, les paupières closes.

– Dis, tu n'as pas envie de vomir ? s'enquit-il.

Puis, comme Flora ne répondait pas, il ajouta :

– Tu devrais être plus malade que moi. Tu as mangé plus de muffins !

Toujours pas de réaction. Les aboiements de Tiger se firent plus aigus, angoissés.

– Flora ?

Pip ouvrit les yeux.
– Hé, Flora !
Flora avait disparu.

CHAPITRE 32

– Comment ça, disparu ?

Les Varechs, les Snergs, le capitaine Vanderdecken et son équipage : tous fixaient Pip avec des yeux ronds.

– Oui, je l'ai cherchée partout ! Flora a disparu.

Pip était essoufflé après être revenu en courant au palais.

– C'est la sorcière qui l'a enlevée ! s'écria Gorbo en se levant d'un bond de son tabouret en bois. Oh, Gorbo… Espèce de mou du bulbe aux méninges malformées remplies de mélasse !

Il frappa ses oreilles, l'une après l'autre.

– Je n'aurais jamais dû vous laisser sortir ! se lamenta-t-il. Je savais que cette vilaine femme était dans les parages ; c'est elle qui m'a conduit ici, avec sa charrette et son bouc !

La reine soupira.

– Gorbo ! Et tu n'as pas pensé à nous prévenir ?

– Qu'on aille chercher le gardien des portes, ordonna le roi Kool. Il aura peut-être vu quelque chose.

Mais lorsque le gardien des portes arriva, il ne leur fut pas d'une grande aide.

– Il y a beaucoup de véhicules qui entrent, les jours de marché, expliqua-t-il. Pas tant que ça qui sortent. Pas de conductrice. Un vieil homme…

– À quoi ressemblait-il ? s'enquit la reine Mercy.

Le gardien haussa les épaules.

– Cape noire, chapeau noir, barbe noire.

– Ça ne peut pas être elle, décréta le roi Kool. Elle n'a pas de barbe.

– Elle est forte pour se grimer, l'avertit Pip en se souvenant des fausses verrues et du nez en peau de poulet.

– La charrette était-elle tirée par un gros bouc noir ? voulut savoir Gorbo.

– Peut-être bien, répondit le gardien. Ou peut-être pas. Je ne peux pas tout voir. Il y a des tas de choses qui circulent. J'ai dû me boucher les oreilles à cause du raffut que l'individu faisait.

– Quel raffut ? demanda le roi Kool.

– De la cornemuse, répondit l'homme. On aurait dit un troupeau de vaches malades.

– C’était bien la sorcière ! Elle a dû cacher Flora à l’arrière de la charrette !

Pip sentit son estomac se tordre d’angoisse. La cornemuse avait sans doute couvert les appels à l’aide de son amie.

– Oh, dépêchez-vous… S’il vous plaît ! Il faut la retrouver !

Le roi Kool aboya des ordres. Des soldats partirent au galop. L’un d’eux revint en brandissant quelque chose de noir, poilu, loqueteux, vaguement emmêlé, qui dégageait une odeur de bouc.

– La barbichette de M. Popcorne, constata Pip. Elle la lui a volée !

Les Snergs enfourchèrent leurs autruches. Sous les ordres du capitaine Vanderdecken, l’équipage se mit en formation, sur le départ.

– Et moi, je peux venir ? supplia Pip.

La reine Mercy fit non de la tête.

– Je dois veiller à ce qu’au moins l’un de vous soit en sécurité. Reste ici avec Gorbo. Les Varechs s’occuperont de toi. Ils ne sont pas la race cruelle que nous pensions. Pendant tout ce temps, nous avons cru aux rumeurs qui couraient sur eux : « Ils se repaissent de bébés bouillis avec du riz… » Peut-être aurions-nous dû venir plus tôt vérifier si ces accusations étaient fondées.

– Je ne veux pas rester en sécurité ni qu'on s'occupe de moi, protesta Pip tandis qu'il regardait avec Gorbo les derniers membres de l'équipage du *Hollandais volant* franchir d'un pas lourd les portes de la ville.

Les autruches et les soldats du roi étaient déjà loin.

– Pas quand Flora est en danger, poursuivit Pip.

– Ils la rattraperont vite, le rassura Gorbo en tripotant son gland porte-bonheur.

Dans ses chaussures, il croisait les orteils.

– Seulement s'ils ont pris la bonne direction, nuança Pip. La sorcière ne restera pas chez elle. Elle doit se douter qu'ils vont venir la chercher.

– Voleur !

Pip et Gorbo sursautèrent en entendant le cri résonner derrière eux. Derrière son étal, une grosse poissonnière varech brandissait un long couteau.

– Si cette bestiole s'approche encore de mon poisson, j'en ferai des filets ! menaça-t-elle.

Accroupi sur les pavés, un chat noir, borgne, à la queue tordue croquait une tête de morue. Pip intercepta Tiger juste à temps.

– Gorbo… regarde ! C'est Gubbins. Il traque Flora

depuis qu'on est partis de Sunny Bay. Il nous suit depuis le début. Du moins, c'est ce que je crois…

Pip fronça les sourcils. Tout bien pesé, qui suivait qui ? Peut-être était-ce Gubbins que Tiger pourchassait depuis le début ? Quelle que soit la proie, Pip n'avait pas oublié les paroles de la sorcière.

– Gubbins a un flair aussi développé qu'un requin humant l'odeur du sang, dit-il à Gorbo.

– Laissons les requins en dehors de ça, décréta Gorbo d'un ton ferme. Et le sang. Tout ce que nous voulons, c'est Flora.

– Oui, approuva le garçon. Et Gubbins va nous aider à la retrouver !

Dans leur enthousiasme, Pip et Gorbo se donnèrent la main, tournèrent en rond (comme le font les Snergs quand ils se saluent) puis bousculèrent la poissonnière, renversant un plateau de sardines.

– Ces boulettes, de vraies arsouilles ! se plaignit la marchande. Mais pourquoi donc le roi ne vous a pas déjà fait trancher la tête ?

– Parce que, chère madame, le roi n'est pas l'homme cruel que nous pensions, expliqua Gorbo. Il s'avère que c'était une erreur : désormais, Varechs et Snergs s'entendent à merveille.

– Grand bien vous fasse, rétorqua la femme en

reniflant avec dédain. J'espère que vous avez de quoi payer ces poissons.

– En plus, on n'en voulait même pas, grommela Pip en lui donnant son penny à contrecœur.

– Mais si, justement ! affirma Gorbo. Prête-moi ton chapeau.

Après avoir repoussé le museau de Tiger, il versa les sardines dans le chapeau en velours de Pip.

– Viens là, minou ! appela le Snerg.

Gubbins avait fini d'avaler sa tête de morue. Il se leva, s'étira et s'approcha d'un pas nonchalant, les vibrisses frémissantes.

– Si tu en veux encore, tu vas devoir le mériter, lui dit Gorbo en agitant une sardine sous son nez. Allez, minou. Montre-nous le chemin !

Où Malicia grimpe
jusqu'à la roche escarpée des gobelins
et où Golithos passe
une mauvaise journée ;
Gorbo est finalement un héros ;
Pip réussit la prise parfaite ;
Flora dit ce qu'elle pense,
et Tiger joue son rôle.

CHAPITRE 33

– Où est-ce qu'on va, môman ?

– Sous terre, mon fils, répondit la veuve Meldrum. Là où personne ne nous trouvera. Il y a une entrée là-haut, entre ces rochers escarpés.

Désignant le sommet de la pente qu'ils grimpaient, elle reprit :

– Une porte de gobelins. Elle mène aux profondeurs de la colline. Ils pourront fouiller cent ans si ça leur chante, jamais ils ne nous trouveront !

– J'aime pas les souterrains, commenta tristement Golithos. C'est pour les petits. Là-dedans, moi, je me cogne la tête tout le temps.

– Avec un peu de chance, ça te mettra du plomb dans la caboche !

La sorcière aiguillonna Flora de la pointe de son parapluie.

– Allons, ne traîne pas, fillette… Avance !

Pour la centième fois, Flora trébucha sur sa jupe poussiéreuse dont le bas était à présent effiloché. Ce n'est pas facile de gravir la pente raide d'une colline en robe longue, les mains attachées. Ses fins souliers de satin, empruntés à une princesse varech qui avait les pieds plus petits que les siens, étaient usés jusqu'à la semelle.

Flora avait quitté Oustrive ballottée à l'arrière de la charrette tirée par le bouc, ligotée dans un grand sac, au son de la cornemuse qui couvrait ses appels à l'aide. Elle avait été soulagée quand les secousses avaient cessé et qu'on l'avait sortie du sac. Elle s'était beaucoup moins réjouie en découvrant qu'elle était revenue à la chaumière de la sorcière, la grosse face de lune de Golithos penchée sur elle – surtout lorsque l'ogre avait commencé à se pourlécher les babines.

– Arrête de baver ! avait ordonné sa mère. Aide-moi à charger la charrette.

Puis ils s'étaient remis en route. Le chargement comprenait des poêles, des casseroles, des meubles sans valeur, le crapaud dans sa cage en osier, plusieurs paniers de chats miaulant, quantité de paires de bas violets, un grand chapeau lilas et les restes de la maison en pain d'épice.

Golithos guidait le bouc en essayant de se tenir à distance de ses cornes : M. Popcorne boudait depuis qu'on lui avait volé sa barbichette. Les poignets de Flora étaient entravés par une corde ; une deuxième ceignait sa taille. La veuve Meldrum en tenait l'extrémité d'une main ; de l'autre, elle la poussait de son parapluie.

La pente se raidit davantage. Ils longeaient le lit d'une rivière asséchée depuis longtemps. En contrebas, dans la plaine, les remparts d'Oustrive paraissaient minuscules et très éloignés.

– On peut faire une pause, môman ? pleurnicha Golithos. Il y a trop de soleil. Ça me donne le tournis. En plus, tu obliges la fille à marcher trop vite. Elle va devenir maigre et filandreuse. Elle a déjà l'air moins juteuse.

– Et alors ? Elle n'est pas là pour que tu la manges ! rétorqua la sorcière. Combien de fois vais-je devoir te le répéter ?

Golithos soupira.

– Alors pourquoi elle est là ?

– Oui, pourquoi ? s'enquit Flora d'une voix plus assurée qu'elle ne l'était en réalité. Vous ne voulez pas que j'encombre votre jolie grotte ! Je serai toujours dans vos jambes. Si j'étais vous, je m'abandonnerais.

La veuve se mit à rire.

– Non, non… Tu es à moi, maintenant. J'ai su que tu étais la bonne à la seconde où mes yeux se sont posés sur toi. Je l'ai vu dans ton regard. Pas tout à fait le même que celui des autres filles. Boudeur. En colère après les gens, après la vie. Exactement comme moi à ton âge. Nous deux, nous sommes pareilles.

– C'est faux, objecta Flora.

– Tes amis se contenteraient de te ramener à l'orphelinat, dit la sorcière. Toutes ces règles, ces bonnes manières, cette soumission ! Comment peux-tu être heureuse là-bas ? Il y a longtemps, j'ai juré de détruire cet endroit. Je suis du genre à tenir mes promesses. Bientôt, le refuge s'effritera comme du pain d'épice. Il n'en restera qu'un tas de cendres.

– Vous ne ferez pas ça, répliqua Flora. Miss Watkyns vous en empêchera !

– Elle ne me facilite pas la tâche, il est vrai, admit la sorcière. Ma sœur, ce modèle de vertu, a protégé les lieux en les cernant de sortilèges qui me sont infranchissables. En revanche, toi, tu peux passer outre. Quand tu seras prête – quand ton âme et la mienne ne feront plus qu'une –, nous retournerons à Sunny Bay. Miss Watkyns ne rejettera pas sa brebis égarée… Comment le pourrait-elle ? Elle t'accueillera, et quand l'heure viendra, ce sera ta main qui grattera l'allumette. Tu seras mon instrument. Tu accompliras mes désirs. Ça ne te plairait pas, de voir tout ça partir en fumée ? Pense aux flammes, si éclatantes, si belles, dévorant toute cette morosité et cette tristesse !

– Non, répondit Flora.

– Ensuite, lorsqu'il n'y aura plus rien, enchaîna Malicia d'un air rêveur, Felicia Watkyns ne sera plus là. Elle aura disparu.

La fillette s'immobilisa.

– Qu'est-ce que vous comptez lui faire ?

– Môman transformera Tata Watkyns en crapaud, comme M. Bunphatt, expliqua Golithos. Comme ça, on aura un nouveau petit compagnon.

– D'où sors-tu cette idée ? s'offusqua la sorcière. Transformer ma propre sœur en crapaud ? J'ai un cœur, tout de même ! Je ne la changerai pas en crapaud, non, mais en quelque chose de plus joli. As-tu déjà vu une salamandre tachetée ?

Flora secoua la tête avec tant de vigueur que ses cheveux voletèrent.

– Je ne ferai jamais ça ! L'orphelinat n'est plus ce qu'il était. On nous traite gentiment. Personne ne nous bat. Il y a des pique-niques, des jeux et… et de la crème anglaise.

– De la crème anglaise ? répéta la sorcière, méprisante. Et ça suffit à ton bonheur ? Tu vaux mieux que ça, non ? Miss Watkyns se moque bien de toi – comme elle se moque de moi, sa propre sœur. Je l'ai suppliée de venir avec moi quand j'ai quitté Sunny Bay. Elle n'a pas voulu. J'ai dû me lancer dans le vaste monde avec un crapaud pour seule compagnie. Tu trouves ça juste ?

– Vous avez mis le feu à l'orphelinat, fit remarquer Fiona. Votre sœur est restée pour secourir ses camarades. Personne ne vous a forcée à fuir.

– Tu ne sais pas ce que nous avons vécu.

Malicia jeta un regard haineux au crapaud dans sa cage.

– Adolphus Bunphatt, cracha-t-elle avec amertume. Le genre de gros sac à pudding qui se prépare un rôti pour le dîner pendant que des enfants affamés doivent se contenter de gruau coupé à l'eau ! Devant chaque miette de pain, nous devions nous lever et le remercier. Un éternuement, une cuillère qui tombe par terre, un chuchotement… et nous avions droit aux coups de canne ! Si nous pleurions, les coups redoublaient. Il le paie, maintenant. C'est lui qui doit me supplier pour avoir ses vers. J'ai tenu la moitié de ma promesse. La moitié seulement. Brûle l'orphelinat pour moi, Flora, et je veillerai sur toi comme si tu étais ma fille. Regarde, voilà un joli cadeau pour te prouver ma bonne foi. Tu vois ?

Malicia tendit la main. Dans sa paume reposait un demi-cœur en argent (terni et verdâtre, faute d'avoir été astiqué) suspendu à un collier de perles de corail.

– Porte-le, roucoula la sorcière d'une voix enjôleuse avant d'attacher le bijou au cou de sa prisonnière.

– C'est trop serré, protesta la fillette. Ça m'étrangle !

– Arrête de geindre ! trancha sèchement Malicia. Tu ferais bien d'apprendre rapidement à obéir sans faire d'histoires, maintenant que tu es à moi.

– Je ne vous appartiens pas ! s'emporta Flora. Ma place est à Sunny Bay, avec Pip et Tiger. Miss Watkyns aussi a grandi au refuge alors qu'il était dirigé par M. Bunphatt, mais elle a tenté d'améliorer les choses. Vous, vous voulez juste les rendre pires ! En plus, contrairement à ce que vous prétendez, miss Watkyns se soucie de nous. Elle a envoyé la reine Mercy et le capitaine Vanderdecken à notre recherche.

– Ah, la fine équipe de secours ! railla Malicia.

Elle passa l'extrémité de la corde de Flora à Golithos puis souleva le bol en crâne, dans la charrette.

– Quelques vieux débris et une poignée de Snergs. Sans oublier le roi Kool qui reçoit tout ce beau monde dans sa salle des Banquets. Invitez un Snerg à une fête, et il en oubliera sa propre grand-mère ! Ont-ils même remarqué ta disparition ? Je me le demande !

– Pip l'a remarquée, lui, affirma Flora avec autorité. Il viendra me chercher avec Gorbo.

La sorcière émit un petit rire.

– Gorbo ? Celui-là serait incapable d'empêcher un escargot d'attaquer une laitue !

Après s'être installée sur un rocher à proximité, le crâne sur les genoux, Malicia fit passer sa main au-dessus de la gelée de belladone et en scruta les profondeurs.

– Oh, mince ! se moqua-t-elle. Je vois des autruches qui tournent en rond en battant des ailes : leurs cavalières ignorent où aller. Je vois des hommes âgés marcher dans des directions opposées. Je vois des soldats fouiller une masure déserte. Pauvre petite Flora… Te voilà finalement contrainte de me suivre dans les grottes des gobelins, je le crains. Après avoir passé quelques semaines en bas, dans le noir, tu seras disposée à m'obéir.

Malicia aurait peut-être dû mieux regarder. Ce qu'elle n'avait pas vu dans sa gelée, c'étaient deux petites silhouettes et un chien, aux trousses d'un chat borgne.

CHAPITRE 34

Assise à son bureau, le menton dans la main, miss Watkyns enroulait une mèche de cheveux noirs autour de son doigt. Elle observait son poisson rouge. Un petit coup de queue à gauche, on fonce à droite, on remonte à la surface, demi-tour rapide, et on replonge. Les mêmes mouvements, encore et encore.

– Non, déclara soudain miss Watkyns en repoussant son fauteuil. Ça suffit ! Heinrich Cornelius, vous manquez clairement de place.

Alors qu'elle s'engageait dans le couloir, un petit garçon, en retard pour le cours de latin, arriva en courant au détour d'un couloir. En voyant la directrice, il s'arrêta dans un dérapage.

– William, l'interpella miss Watkyns. Tu vois cette affichette sur le mur ? Qu'est-ce qui est écrit ?

William baissa la tête.

– « Il est interdit de courir dans les couloirs », miss Watkyns.

– Précisément. Je veux que tu fasses comme si cette affichette n'existait pas.

Elle la retira du mur puis la froissa en boule.

– Cours encore plus vite, William. Cours aussi vite que tu le peux. Qu'est-ce que tu attends ? Allez, file !

Elle frappa dans ses mains. William détala comme un lièvre surpris.

– Oui, dit miss Watkyns à l'intention du couloir désert. J'ai étouffé ces enfants en les encadrant de règles et de romarin. Je voulais seulement les protéger, mais je me suis montrée trop rigide. Il n'est jamais trop tard pour apprendre de ses erreurs. Parfois, il faut savoir contourner les règles et prendre des risques. Après tout, la vie est faite pour être vécue. Dorénavant, les choses vont changer à Sunny Bay…

CHAPITRE 35

Le soleil, haut et brûlant, les accablait. Les grimpeurs marquaient une pause pour reprendre des forces. Allongé à l'ombre d'un pin, Golithos ronflait, un mouchoir sur le visage. Pour que les chats cessent de miauler, on les avait autorisés à sortir de leurs paniers afin de s'étendre dans la chaleur. Libéré de son harnais, M. Popcorne grignotait un buisson épineux. M. Bunphatt s'abritait sous le parapluie de Malicia, elle-même penchée sur sa gelée. La mixture lui montrait ce qu'elle désirait voir plus que tout : le Refuge de Sunny Bay pour enfants superflus et involontairement orphelins, en proie aux flammes crépitantes. Les craquements la berçaient. Sa tête commença à dodeliner.

L'extrémité de la corde de Flora avait été nouée à une branche de pin, hors de portée de la fillette qui était parfaitement réveillée.

Pip, où es-tu ?…

Très loin en contrebas sur la colline, quelque chose bougea.

Deux points et une petite tache blanche. Flora ne les lâcha pas des yeux, sans oser respirer. Elle reprit espoir. *Vite*, dit-elle aux points d'un ton pressant, en pensée. *S'il vous plaît, s'il vous plaît, dépêchez-vous.*

Hélas, ils étaient trop loin. Avant qu'ils l'aient rejointe, Malicia serait réveillée et forcerait Flora à descendre sous terre. Elle ne reverrait plus jamais ni Pip, ni Gorbo, ni Tiger…

Du temps. Il faut que je gagne du temps.

Elle baissa les yeux sur ses poignets ligotés. Puis sur les lacets des bottes de Golithos…

Heureusement que j'étais assise à côté de Wilmus à la fête de la reine, se félicita Flora, *et qu'il m'a appris comment faire les nœuds inindénouables !*

La tâche n'était pas facile avec les mains attachées. Cependant, quelques minutes plus tard, après moult froncements de sourcils et manipulations complexes, Flora serra fermement les nœuds des lacets puis s'assit de nouveau.

Voilà qui devrait nous ralentir un peu, songea-t-elle. *Mais ça ne suffit pas.*

Les points sur le flanc de la colline n'avaient pas

tellement grossi. La sorcière remua en marmonnant. Elle allait se réveiller d'une minute à l'autre. Flora commença à perdre espoir.

Ayant arraché toutes les feuilles de son buisson, M. Popcorne cherchait une autre activité. Il baissa la tête en vue d'encorner une abeille en vol, puis il se dressa sur ses pattes arrière afin d'inspecter le contenu de la charrette.

Il y a peu de choses qu'un bouc ou une chèvre ne mange pas. Le pain d'épice n'en fait pas partie.

Sers-toi donc, monsieur Popcorne, se réjouit Flora. *Régale-toi tant que tu veux.*

Après avoir terminé le toit et l'étage de la maison en pain d'épice, le bouc afficha un air un peu dubitatif. Il s'assit sur son derrière, poussa un bêlement de surprise et s'effondra.

Le cri de l'animal réveilla Malicia. Elle jeta un coup d'œil à la position du soleil, fronça les sourcils puis jeta un caillou sur Golithos.

– Debout, fainéant ! Il est temps de descendre sous terre.

Elle reprit le bol en forme de crâne. Flora se pétrifia. Si la sorcière voyait les deux points noirs dans la gelée, qu'allait-il se passer ? Il y aurait sûrement deux grenouilles de plus qui sauteraient dans la rivière asséchée pendant qu'elle, Flora, serait engloutie par la colline.

Golithos se redressa. Il se frotta les yeux en bâillant. Sa mère lui jeta un autre caillou.

– Dépêche-toi ! Détache la fille et remets le bouc dans le harnais.

Golithos tenta de faire un pas, mais ses lacets noués ensemble l'en empêchèrent. Il chancela en moulinant des bras puis bascula en avant. On entendit un *plonk !* quand deux crânes s'entrechoquèrent : Golithos avait atterri la tête la première dans le bol de gelée.

– Qu'est-ce que tu as dans le caillou ? fulmina sa mère. Regarde ce que tu as fait !

– Du sang ! Je saigne ! gémit l'ogre en se tenant le front.

La sorcière l'écarta d'une bourrade afin de ramasser la mixture d'un violet chatoyant. Elle la remit dans le bol et essaya d'en lisser la surface, sans résultat. Aucune image ne surgit de ses profondeurs. Le mélange ne lui montrait plus rien. Ce n'était qu'un bol rempli d'une gelée fragmentée.

Golithos avait remarqué le nœud à ses lacets.

– C'est elle ! pleurnicha-t-il en désignant Flora. Je l'aime pas, môman ! Elle est méchante.

Toujours penchée sur ses morceaux de gelée, Malicia

pesta contre son fils et la fillette tandis que Golithos s'acharnait sur le nœud inindénouable. Flora ne les écoutait pas ; elle contemplait la colline en contrebas. Les silhouettes étaient désormais bien visibles – trop, même. D'une manière ou d'une autre, Flora allait devoir les avertir à distance. Quel était l'appel que Gorbo leur avait appris lorsqu'ils étaient tombés sur lui dans les bois, avant qu'une horde de beleuils apparaisse ? Flora plaça ses mains en coupe autour de sa bouche et imita le cri du coucou tourneboulé.

– *Ooouuu-k-euck… Ooouuu-k-euck…*

L'entendraient-ils ? Flora vit les silhouettes s'immobiliser. L'une d'elles se tourna vers l'autre, un doigt pointé vers le sommet de la colline. Puis elles se faufilèrent entre les arbres et disparurent.

– Il y a un problème avec la fille, môman, dit Golithos, les yeux fixés sur la fillette. Elle fait des bruits. Elle doit avoir une boule de poils à cracher.

– J'ai avalé une mouche, mentit Flora en simulant une quinte de toux. Je crois qu'elle est coincée dans ma gorge.

– Où en es-tu avec tes lacets ? demanda sèchement Malicia en regardant son fils, les sourcils froncés. Si tu n'avais pas de la poussière de gravats à la place du cerveau, tu aurais pensé à retirer tes bottes, tout simplement !

Ce fut à ce moment-là qu'elle remarqua M. Popcorne.

– Golithos, pourquoi lui as-tu laissé une telle longueur de corde ? tempêta-t-elle. Regarde-le, maintenant ! Il ne nous est plus d'aucune utilité ! Mets-le dans la charrette. C'est toi qui la tireras.

– Je ne peux plus marcher, se plaignit Flora, piteuse. J'ai mal aux pieds. J'ai des ampoules…

– Bonne à rien ! cracha Malicia en repliant son parapluie dans un bruit sec.

Des étincelles en jaillirent. Puis la veuve ordonna à son fils :

– Mets-la dans la charrette elle aussi, sinon elle va nous retarder.

Après avoir ôté ses bottes, Golithos fit basculer sans ménagement Flora parmi les poêles, les casseroles et les tabourets en bois.

La dominant de toute sa hauteur, M. Popcorne posé sur ses épaules, l'ogre déclara :

– Bouge, méchante fille.

Flora recula en se traînant et grimaça lorsqu'elle s'assit sur la cornemuse. C'est là que l'incident se produisit. Sans le bouc, la charrette reposait directement sur ses brancards. Sur une pente raide. Avec une lourde cargaison. Quand le poids du chargement s'alourdit davantage à l'arrière, les brancards se redressèrent et les roues se mirent à tourner.

– Hééé !

Sentant la secousse sous elle, Flora s'accrocha à la ridelle.

– Hé, attention… Ça va…

La charrette prit de la vitesse. Golithos se rua dessus pour saisir un brancard. Cependant, ralenti par le bouc toujours sur ses épaules, il finit par lâcher prise.

– Qu'est-ce que tu fabriques ? s'égosilla sa mère. Espèce de grumeau bouché ! Gros bloc sédimentaire baveux ! Bâtard mégalithique ! J'aurais dû te livrer aux gobelins à ta naissance, qu'ils s'amusent avec toi ! J'aurais dû te laisser dehors en pâture aux aigles ! J'aurais dû te jeter du haut d'une falaise ! J'aurais dû…

Flora n'entendit pas la suite. La charrette descendit avec fracas le long de la rivière asséchée, les roues projetant des cailloux dans tous les sens. La seule chose que la fillette pouvait faire, c'était se demander en s'agrippant aux côtés comment se terminerait sa course, et si ça ferait très mal.

CHAPITRE 36

– C’est quoi, ce bruit ? s’alarma Pip en inclinant la tête, aux aguets.

Ils avaient fait une pause entre les arbres pour reprendre leur souffle. Le chat noir les avait guidés vers le sommet de la colline à bonne allure, suivi de près par Tiger qui tirait sur sa ficelle, entraînant Pip derrière lui. Les yeux levés vers le ciel bleu dégagé, Gorbo se gratta la tête. Le chat s’enroula autour de ses jambes : il restait une dernière sardine dans le chapeau en velours.

– Ça ne peut pas être de l’orage…

– Gorbo…, dit Pip en se tournant vers le haut de la pente. Gorbo… regarde !

La réponse gronda bientôt dans leur champ de vision : la charrette sans le bouc dégringolait vers eux, projetant son chargement de part et d’autre. Une silhouette s'accrochait à la ridelle. Le soleil se reflétait sur ses cheveux blonds.

– Flora !

Pip se figea, horrifié.

– Pas de panique, maître Pip, le rassura Gorbo en descendant vers le bord de la rivière asséchée. Il y aura sans doute un peu de désordre et miss Flora s'en sortira peut-être avec quelques bleus, mais j'arrêterai cette charrette, même si je dois en mourir ! Et dans ce cas… je te lègue ma ficelle. Évoque mon bon souvenir avec tante Flumper. Veille sur Tiger. Et dis à la reine que Gorbo a fait de son mieux.

– Tu ne peux pas laisser cette charrette foncer sur toi ! protesta Pip. Ça va te… Gorbo, non ! Je ne le permettrai pas. Tiens, prends Tiger. Je sais quoi faire, mais il faut se dépêcher.

À cet endroit, les arbres qui poussaient près de la rive étendaient leurs branches au-dessus du lit asséché. Pip jeta un coup d'œil à la charrette (désormais bien plus proche) puis aux branches, afin d'en mesurer la hauteur. Un instant plus tard, il avait quitté le sol et se trouvait perché dans un arbre, grimpant comme le petit acrobate de cirque qu'il était naguère. Il rampa le long de la branche qu'il avait choisie, le cœur battant la chamade. Des picotements familiers lui remontaient dans les veines. Comme avant, lorsqu'il était terrifié à cause de son père. À présent, il avait peur pour Flora. Toutefois, sans l'œil paternel rivé sur lui (ce qui le rendait idiot et maladroit), Pip se sentait plus en confiance. Il savait qu'il en était capable.

Il s'agrippa à la branche, en espérant qu'elle le supporte. La charrette n'était plus qu'à quelques mètres. Flora saurait-elle ce que Pip attendait d'elle ? Oui, Flora savait toujours ; elle n'avait pas besoin des mots – tant qu'elle voyait Pip à temps.

Balance-toi. Utilise tes jambes. Hisse-toi. Rapproche tes genoux. Relâche-les. Balance-toi.

Il vit la charrette… puis Flora, en équilibre précaire, le visage blême, les cheveux au vent. Elle l'avait repéré, elle aussi.

Ne flanche pas, Flora. Redresse-toi au maximum. Tends les mains vers moi…

Elle comprit. Elle se prépara, leva les bras en l'air… et Pip l'empoigna.

Les trois amis, sur la rive, regardèrent la charrette poursuivre sa course folle. Elle continua à dévaler la colline jusqu'en bas. Là, elle rencontra un méandre dans le lit de la rivière et se fracassa contre la rive. Le bois pulvérisé vola en éclats. Les dernières possessions de la veuve Meldrum furent éjectées dans les airs avant de retomber en pluie. La charrette en piteux état finit renversée sur le côté, une roue tournant dans le vide.

– Et si j'étais restée à l'intérieur ? s'interrogea Flora, tremblante. Et si vous n'étiez pas venus à mon secours ?

– C'est sûr qu'on serait venus ! la rassura Pip.

– Les « et si », ça ne compte pas, trancha Gorbo en détachant les mains de Flora. C'est de la belle corde, dis donc. Je peux la garder ? Ce qui compte, c'est ce qui est. Et pour le moment, nous sommes de nouveau ensemble. Tous les trois.

– Euh… On sera bientôt quatre, rectifia Pip, un doigt pointé. Regardez !

Golithos courait d'un pas lourd dans leur direction, agitant les bras pour maintenir son équilibre.

– Si seulement j'avais mon arc et mes flèches ! regretta Gorbo. Je l'aurais fait ressembler à un porc-qui-pique mais… Non, attendez… Laissez-moi voir… Serait-ce possible ? Je crois, dit-il d'un ton tout à fait surpris, qu'il se pourrait que j'aie une idée…

D'une secousse, il ôta son sac en filet de son épaule et entreprit de le défaire.

– Tiens.

Il tendit une extrémité de la ficelle à Flora.

– Enroule ça autour de cet arbre – à cette hauteur,

à peu près. Ensuite, tirez dessus fermement, tous les deux. Ne la lâchez surtout pas.

Puis, laissant le sac se défaire derrière lui, Gorbo s'éloigna. Il traversa le lit de la rivière asséché en direction de la rive opposée.

Avec des grognements, le visage cramoisi, Golithos déboula de son pas pesant.

– Où est-elle ? La méchante fille. Môman veut la récupérer. Môman est très fâchée. Elle le sera encore plus si je ne la lui ramène pas. « Va chercher aussi la cornemuse, mon plus beau chaudron, le cœur au vinaigre et le chapeau lilas, mais surtout la fille. »

Les yeux fixés droit devant lui, scrutant la colline à la recherche de Flora, il ne regardait pas où il mettait les pieds. La ficelle tirée en travers de son chemin se prit dans ses chevilles. L'ogre vacilla, chancela, brailla… et s'étala de tout son long.

– Oh, mince ! soupira Flora. C'est la deuxième fois le même jour. Pauvre Golithos.

Des sabots martelèrent le sol. Des cris s'élevèrent. Au détour du flanc de la colline se précipitèrent des soldats au galop, plusieurs autruches et, fermant galamment la marche, l'équipage du *Hollandais volant*, mousquets brandis.

– Vous arrivez un peu tard, fit remarquer Pip. Flora est déjà sauvée.

– Écarte-toi ! ordonna sir Percival en dégainant son épée. Je pourfendrai cet ogre !

– En fait, non, répliqua Flora. C'est hors de question.

Quand elle s'agenouilla auprès de Golithos, celui-ci tourna la tête vers elle. Un instant, elle fut prise d'un doute en voyant de si près ces crocs qui autrefois déchiquetaient les enfants. Mais l'ogre saignait du nez et ses yeux brillaient de larmes.

– Je suis désolée, s'excusa-t-elle. Pardon d'avoir noué tes lacets ensemble. Pardon de t'avoir encore fait tomber. Reste allongé tranquillement, ne fais pas de bêtises et personne ne te pourfendra.

Elle lança un regard sévère à sir Percival.

– Il n'a pas eu la vie facile, vous savez, avec cette sorcière pour mère ! Si les parents veulent faire de leurs enfants de bonnes personnes, encore faudrait-il qu'ils ne soient pas méchants avec eux. Difficile de devenir quelqu'un de bien, de charmant et d'intelligent si ceux qui devraient être les plus avisés vous font croire que vous êtes précisément le contraire.

Si Flora songeait à sa propre mère, avec ses colliers de perles, ses fêtes et son nez poudré à la perfection, Pip, lui, se rappelait son père enragé, constamment au bord de l'implosion, hurlant toujours les mêmes injures : *Nul… idiot… bon à rien… une pure perte d'espace…*

– Elle a raison, vous savez, approuva-t-il.

– Ordres du roi, insista sir Percival. Cette brute dévore les humains !

– Plus maintenant, rétorqua Flora d'un ton ferme. Tout le monde fait des erreurs. On peut changer.

– Ça, c'est bien vrai, confirma la reine Mercy. Voilà qui est parlé comme une Snerg !

– Le pauvre mérite une seconde chance, intervint le capitaine Vanderdecken. Il est bien charpenté. Il ferait un bon joueur de tuba.

– Nous l'emmènerons à Sunny Bay, décréta Flora. Miss Watkyns saura quoi faire de lui.

Golithos se mit à frissonner.

– Pas miss Watkyns ! gémit-il. Elle est méchante… Elle me fera du mal. Elle me pincera, ça m'élancera, et tous mes crocs s'entrechoqueront dans ma tête. Elle les fera tous tomber… Et alors je ne pourrai plus jamais croquer d'enfants !

– Tu pourrais éviter de parler de croquer des enfants pour le moment ? chuchota Flora à son oreille. Ça ne nous aide pas ! Il y a des tas de choses à manger qui sont bien meilleures, crois-moi. C'est juste que tu n'y as jamais goûté.

Mais Golithos tremblait toujours.

–Vilaine, vilaine miss Watkyns, répéta-t-il. Méchante ! C'est môman qui l'a dit. Môman a toujours raison.

– Non, les mères n'ont pas toujours raison, objecta Flora. Et tu ne devrais pas toujours croire ce qu'on te dit. Parfois, il faut découvrir les choses par soi-même. Regarde-les.

Elle montra les soldats et les Snergs rassemblés.

– Ça fait des années qu'ils croient ce qu'on leur raconte, alors qu'en réalité ce sont des bêtises ! On va devoir t'attacher, malheureusement, se désola-t-elle. Mais pas pour longtemps. Quant à vous, dit-elle à sir Percival, rangez donc votre épée ! Vous ne voyez pas que ça fait peur aux autruches ? Vous feriez mieux de vous lancer à la poursuite de la sorcière ! Elle se dirige vers ces rochers escarpés.

Elle désigna le sommet de la colline.

– Une fois là-haut, reprit-elle, elle disparaîtra sous terre. Je préfère être à ma place qu'à la vôtre, s'il faut annoncer au roi Kool que vous avez perdu sa trace une fois de plus.

CHAPITRE 37

Ce qu'on ignore souvent à propos des gobelins, c'est qu'ils adorent aménager leur intérieur. L'été, quand il fait beau, que les jours rallongent et que les gobelins sont coincés sous terre durant de longues heures, ils s'occupent avec des projets de décoration intérieure. Une extension par-ci, une démolition par-là… Ils abattent des cloisons et construisent d'élégantes arches. Ils intervertissent les stalactites et les stalagmites. Ils repensent la plomberie de leurs ruisseaux souterrains. Et ils changent les portes de place – en général quand ils s'attendent à avoir de la visite.

Malicia aurait dû y penser.

Elle grimpait la colline d'un pas vif. Elle voyageait léger : elle n'avait plus que son parapluie et six chats noirs, chacun tenu en laisse-ruban. Elle avait assisté à la destruction de la charrette, à la chute de

Golithos et avait vu les cavaliers contourner la colline, leurs armures chatoyant sous le soleil. Elle se savait traquée.

– Ils sont trop lents et trop bêtes, dit-elle aux chats. Ils ne nous attraperont pas !

Toutefois, lorsqu'elle atteignit enfin le sommet, la porte des gobelins, elle, n'y était pas.

La femme frappa légèrement le manche de son parapluie contre la pierre avant d'y plaquer l'oreille. De l'autre côté, elle entendit baragouiner et glousser, puis il y eut de petits bruits de cavalcade. C'était le seul accès possible. Derrière elle, un martèlement de sabots, des bruits de pas et des voix résonnèrent, à présent bien trop proches. Les chats miaulèrent, s'emmêlant dans leurs laisses-rubans. Blacky, Onyx, Salem, Mistic, Charbon, Lucifer… Comme d'habitude, il en manquait un.

Au-delà des rochers escarpés s'étendait la mer, scintillante dans la lumière du jour.

– Ce n'est pas terminé, déclara Malicia. Pas encore.

– On arrive trop tard, déplora Pip alors que le groupe des chasseurs de sorcière atteignait le sommet. Elle a disparu.

– Ennemi en altitude ! annonça le capitaine

Vanderdecken, sa longue-vue dirigée vers les hauteurs.

Malicia avait escaladé un pic rocheux. Elle était là, dans sa robe de soie couleur raisin noir, ses cheveux ondulant autour d'elle. Elle tenait son parapluie ; ses chats miaulaient à ses pieds.

Sir Percival s'éclaircit la voix.

– Moi, sir Percival le Pugnace, vous accuse vous, Malicia Watkyns…

– Mon nom, c'est Meldrum, l'interrompit-elle. Je suis une veuve respectable !

– Tu parles, elle a laissé son mari se dessécher au soleil, murmura Pip.

D'un coup d'éperons, sir Percival fit avancer son cheval.

– Vous êtes accusée d'enlèvement, de métamorphose batracienne gratuite…

– Quoi ? demanda Gorbo.

– Je crois qu'il veut dire qu'elle change les gens en grenouilles, expliqua Flora.

– Et de méchanceté en général, poursuivit sir Percival. Je dois vous livrer à Oustrive sur ordre du roi.

Malicia s'esclaffa.

– Remerciez Sa Majesté de son aimable invitation. Toutefois, je préfère éviter de passer le restant de mes jours au cachot.

– Tu ne pourras pas rester perchée là-haut indéfiniment, Malicia, intervint la reine Mercy. Je suis navrée que cela doive se terminer ainsi, mais quand on passe sa vie à causer des ennuis, ça finit toujours par vous retomber dessus.

Pompo, assez pantelant, souffla une fois dans sa corne.

– Par ordre conjoint de Leurs Majestés judicieuses et généralement joviales Mercy reine des Snergs et Kool roi des Varechs…

– Saisissez-la ! aboya sir Percival.

Dociles, deux cavaliers varechs mirent pied à terre et entreprirent d'escalader le pic. Malicia éclata de rire. Tenant toujours les laisses-rubans des chats dans une main, elle leva l'autre.

Pip redouta le pire. Soudain, il sut ce que la sorcière avait en tête.

– Le parapluie ! s'époumona-t-il. Elle va tous nous transformer en…

Avait-il raison ? Qui sait combien de petites grenouilles, ce jour-là, auraient descendu la colline en sautillant si Tiger, à force de tirer sur sa ficelle en aboyant, ne s'était pas libéré à cet instant ? Voir ainsi ses ennemis jurés (au nombre de six, crachant et feulant après lui) fut trop pour lui. Lorsqu'il bondit en avant, la laisse s'échappa des doigts de Flora. Le chiot se précipita vers le pic rocheux.

Les chats de la sorcière tirèrent sur leurs rubans, fouettant l'air de leur queue en miaulant. Ils s'enroulèrent autour des jambes de Malicia. Cette dernière, voulant chasser les félins à coups de pied… perdit l'équilibre.

En contrebas, les spectateurs retinrent leur souffle dans un hoquet de stupeur collective. Malicia vacilla, moulina des bras sur la mince arête pour tenter de se redresser, puis bascula… avant de disparaître. Inévitablement, elle allait éclater en mille morceaux sur les rochers plus bas.

Ou pas.

Son rire remonta jusqu'à eux ; un rire grêle, aigu comme un cri de mouette.

– Ennemie en vol en direction du sud, sud-ouest ! rapporta le capitaine en inclinant sa longue-vue.

Là, assise en amazone sur son parapluie, Malicia chevauchait les courants d'air. Elle imprima une secousse aux rubans ; ses chats se propulsèrent d'un bond dans le vide et la rattrapèrent, si bien que tous se dirigeaient vers la mer.

Le capitaine secoua la tête.

– De toute ma vie, je n'avais jamais vu un tel spectacle !

– C'est peut-être mieux ainsi, répliqua la reine Mercy. Si Malicia a bel et bien quitté ces terres, elle ne peut plus nous faire de mal.

– Peut-être, nuança Gorbo, mais il y a fort à parier qu'elle ira embêter d'autres pauvres gens qui n'ont rien fait pour mériter ça.

La reine le regarda en clignant des yeux.

– Voilà une remarque étonnamment sensée, approuva-t-elle. Tu as changé, Gorbo ! Je crois bien que tu t'es mis à réfléchir.

Pip et Flora observaient la sorcière. Elle longeait la côte, où l'eau avait grignoté la terre pour former de petites criques. Le regard de Pip s'attarda sur l'une de ces baies au sable doré, en forme de fer à cheval, entre deux promontoires. Perchée sur les falaises, une imposante demeure de pierre hérissée de hautes cheminées la surplombait. Une demeure qui lui paraissait étrangement familière.

– Capitaine, je peux emprunter votre longue-vue ?

– Et comment, gamin, répondit l'homme en lui passant l'objet. Tu vois des pirates ?

– Non, le détrompa Pip en portant la longue-vue à son œil. Mais… Flora, regarde !

Il lui tendit la longue-vue et ajouta :

– Par là-bas. C'est Sunny Bay !

– Nom d'une pipe, il a raison ! s'exclama le capitaine.

Il sortit sa montre de gousset, les sourcils froncés.

– Messieurs Flétan et Plancton sont à la traîne ! Ils ont deux minutes de retard. J'aimerais bien savoir ce qui les empêche de faire péter Doris !

Alors que la silhouette lointaine de la sorcière flottait dans la baie, le coup de canon partit dans un éclair lumineux. *Boum !* Doris la Dépouille sonnait midi. Comme d'habitude, une nuée de mouettes s'envola en criant avant de revenir se poser sur les flots. Parmi elles dérivèrent des lambeaux de soie ainsi que les vestiges d'un parapluie violet…

Pour la seconde fois, les spectateurs stupéfaits restèrent bouche bée sur le rocher escarpé. Ce fut Flora qui, regardant à travers la longue-vue, rompit le silence.

– C'est quoi, ça ?

Une tache noire, après s'être séparée des mouettes, voletait vers le ciel.

Le capitaine Vanderdecken lui prit des mains la longue-vue.

– Je ne vois rien que des mouettes.

Quand tous firent demi-tour pour redescendre la colline, Flora espérait qu'il ne se trompait pas.

Car si on me demande mon avis, songea-t-elle, *cette tache ressemblait fort à une chauve-souris.* Et qui avait déjà vu une chauve-souris voler au-dessus de la mer en plein jour ?

Flora garda cette hypothèse pour elle. Après tout, elle s'était beaucoup entraînée à garder les choses pour elle.

En plus, pensa-t-elle, *quel intérêt, de gâcher une fin sympathique et heureuse ?*

Où Pip et Flora sont
de retour à Sunny Bay,
qui n'est pas exactement
comme avant ; miss Watkyns
accueille un nouveau rejeton
superflu et accidentellement orphelin
– étonnamment grand ;
Tiger mange une invitation
et un parfum de cannelle
flotte dans l'air…

CHAPITRE 38

Miss Watkyns était assise à son bureau, le dos droit, les cheveux impeccablement retenus par des épingles. Derrière elle, la fenêtre ouverte laissait entrer un soleil iodé et le cri des mouettes. Assis sur le banc en face d'elle, un garçon maigre aux yeux noirs balançait ses jambes. Il était seul.

Deux semaines s'étaient écoulées depuis que Pip et Flora étaient revenus à Sunny Bay. Leurs aventures commençaient déjà à ressembler à de lointains souvenirs.

Les enfants, les Snergs et les Varechs (à l'exception de sir Perceval) s'étaient séparés en excellents termes. Pour la traversée du pont de la Troll, par sécurité, le roi Kool les avait fait escorter par une garde armée ; toutefois la troll n'avait pas montré sa tête hirsute. (Entendant la troupe marcher au-dessus d'elle, elle avait regretté ce beau gâchis. Il faut dire qu'elle souffrait encore d'indigestion après avoir englouti un énorme crocopotame la veille au soir.)

Ayant contourné les Arbres tordus, ils s'étaient vite retrouvés de nouveau au village des Snergs. Là, l'apparition de Golithos provoqua un début de panique jusqu'à ce que la reine Mercy donne sa parole que l'ogre n'avait plus ses crocs acérés.

– En revanche, il a toujours l'haleine putride, dut avouer Flora à Pip en aparté. Cela dit, ce ne serait pas gentil de le faire remarquer… et je suis sûre que miss Watkyns lui trouvera une brosse à dents.

Les Snergs pardonnaient facilement. Dès qu'ils eurent compris que l'ogre ne leur voulait plus aucun mal, ils lui souhaitèrent la bienvenue : ils le bourrèrent de gâteaux et de petites attentions jusqu'à ce qu'il en soit bouleversé. Il dut aller chercher un gigantesque mouchoir pour éponger ses larmes.

Les enfants quittèrent le village des Snergs à dos d'ours à la cannelle, flanqués d'une escorte d'autruchiennes. Ils avaient espéré (on les comprend) pouvoir parader en remontant l'allée gravillonnée sous l'œil envieux et admiratif de leurs camarades, mais leurs attentes furent déçues. Avertie de leur arrivée, miss Watkyns s'était empressée d'envoyer les orphelins à la plage avec M. Gribblestone, chargé de leur donner un cours de géologie sur la formation des roches.

Malgré le réconfort apporté par les cris des mouettes et le parfum familier du romarin, de la lavande et de l'iode, Pip et Flora étaient tous deux incommodés par la désagréable sensation d'avoir des tortillons dans le ventre. Le jour où ils avaient dérangé la répétition de musique du capitaine Vanderdecken leur semblait bien loin. De leur propre initiative, ils avaient déjà présenté leurs excuses au capitaine et à son équipage.

– Ce n'est pas le pire qui puisse arriver en mer, avait déclaré le capitaine avec bonhomie.

Puis ils avaient tous échangé des poignées de main.

Mais il leur fallait encore affronter miss Watkyns.

Grande et droite, elle s'était postée sur le seuil de l'orphelinat pour les accueillir. Après leur avoir jeté un bref regard pendant qu'ils se laissaient glisser à bas de leurs ours à la cannelle, elle avait déclaré calmement qu'elle était contente de les voir rentrer. À ses côtés, miss Scadging levait les yeux vers Golithos.

– Juste ciel, avait-elle murmuré. Juste ciel, juste ciel. Il est devenu gigantesque, le pauvre ! Je dois aller parler au chef. Il va nous falloir des quantités colossales de crème anglaise.

Les enfants avaient été envoyés à la cuisine pour qu'on leur donne du lait et des biscuits.

– Et la même chose pour le chiot, avait ajouté miss Watkyns en jetant un coup d'œil à Tiger.

Pip et Flora n'avaient pas revu la directrice ce jour-là. Ni le lendemain. Tout comme les ours et les autruches, miss Watkyns avait disparu.

– Elle est partie rendre visite à quelqu'un, leur avait annoncé miss Scadging d'un ton désinvolte, comme si ce genre de chose s'était déjà produit auparavant. Elle sera bientôt de retour.

– Elle est allée voir par elle-même ce qui s'est exactement passé, avait deviné Pip. Après tout, Malicia est sa sœur. Tu crois que ça l'embête qu'elle se soit… volatilisée ?

Flora avait haussé les épaules. Elle n'avait pas oublié ce qu'elle avait vu dans la longue-vue du capitaine. Devait-elle le dire aux autres ? Miss Watkyns n'avait jamais entendu le son de sa voix. Entre se taire durant de longs mois et annoncer tout de go : « Je crois que votre sœur s'est transformée en chauve-souris », il y avait un grand pas.

Et voilà que, discrètement, miss Watkyns était revenue. Peinant sur ses tables de multiplication pendant le cours d'arithmétique de M. Gribblestone, Pip l'avait vue remonter l'allée gravillonnée à pied. D'une main, elle menait un imposant bouc noir ; de l'autre, elle balançait un panier d'osier contenant un gros crapaud. M. Bunphatt était de retour à Sunny Bay, lui aussi.

Depuis son retour, Pip s'appliquait en cours. Si un jour il se retrouvait de nouveau face à un beleuil, il n'aurait pas besoin de Flora pour lui venir en aide : désormais, il connaissait ses tables de multiplication. Et comme personne ne savait (du moins avec certitude) à quel moment ils devraient lire des pancartes devant la chaumière d'une sorcière, Pip redoublait également d'efforts concernant l'apprentissage de la lecture.

– On dirait que ce garçon n'est plus le même, avait fait remarquer M. Gribblestone à miss Scadging.

– Et Flora a retrouvé sa langue, avait répliqué miss Scadging. Ça prouve qu'avec les enfants, il y a toujours de l'espoir !

Attentive aux consignes de miss Watkyns, miss Scadging gardait un œil sur Golithos. Le dernier orphelin arrivé à Sunny Bay avait apporté avec lui son lot de problèmes : aucun meuble n'était à sa taille, sans parler des vêtements, et il engloutissait pas moins de vingt-deux litres de crème anglaise par jour. À présent, il était au jardin, assis dans l'herbe, une couronne de pâquerettes posée sur ses cheveux filandreux. Quelques fillettes parmi les plus jeunes lui apprenaient des jeux de mains, et l'ogre ne bavait presque pas.

– Oui, c'est bien vrai, insista miss Scadging. Nous sommes tous capables de changer.

Mais ce matin-là, en voyant miss Watkyns, Pip s'était emmêlé dans ses additions. Puis le cours d'arithmétique fut suivi d'un cours de géographie. M. Gribblestone demanda à Pip quelle était la capitale de la Belgique.

– Hum, répondit le garçon. Euh…

Le professeur soupira… et ce fut à ce moment-là que le message arriva : miss Watkyns souhaitait s'entretenir avec Pip.

Pip aurait aimé que le vide à côté de lui soit occupé par Flora. Dehors, les filles jouaient au cricket. Avec la bénédiction de la directrice, miss Scadging avait procédé à des changements dans leur emploi du temps. Il y avait bien moins de broderie et beaucoup plus de menuiserie et d'invention. On leur enseignait même les bases de l'élevage de poules. Quant aux garçons, tous apprenaient le tricot ainsi que la meilleure façon de préparer les pommes de terre rôties.

Pip entendit des acclamations quand quelqu'un marqua un six. La voix de Flora s'éleva parmi celles de ses camarades. Auparavant, les autres filles laissaient Flora dans son coin, incommodées par son silence étrange. Désormais, elles la suppliaient de participer à leurs jeux. Pip ne s'y était pas encore habitué.

Sous une petite table, à l'abri du soleil, M. Bunphatt, avec ses yeux dorés, était accroupi dans son panier.

– Est-ce que vous allez lui redonner son apparence ? demanda soudain le garçon, regrettant aussitôt sa question.

– Cette créature sera relâchée dans un endroit sombre et humide, répondit posément miss Watkyns. Où les vers ne manqueront pas.

Elle tendit la main pour caresser le chat noir.

Du jour au lendemain, il était apparu un nombre surprenant de chats noirs à Sunny Bay. Ils étaient arrivés de nulle part, au grand étonnement du pêcheur qui se trouvait à bord du bateau où les félins avaient atterri en tas, miaulant, crachant, fouettant l'air de leur queue, traînant tous derrière eux un morceau effiloché de ruban violet.

– Ils sont littéralement tombés du ciel, racontait l'homme à qui voulait bien l'écouter. Comme s'il pleuvait des chats !

De retour sur la terre ferme, les chats s'étaient éparpillés dans la baie. L'un d'entre eux s'était fait adopter par le boucher, un autre par le boulanger, un troisième par le forgeron et un quatrième par l'auberge *La Marmite de homards*. Deux autres étaient restés avec le pêcheur et sa femme. Lorsqu'un septième chat s'était présenté en compagnie de Pip et Flora (un matou borgne à l'œil vert et à la queue tordue), miss Watkyns avait surpris tout le monde en acceptant de lui ouvrir les portes et en lui réservant un bon accueil.

Voyant Gubbins frotter sa joue contre la main de miss Watkyns, Pip remarqua qu'il manquait quelqu'un.

– Le poisson rouge ! s'exclama-t-il. Où il est passé ?

– Je l'ai lâché dans la mare, répondit miss Watkyns. Heinrich Cornelius méritait d'avoir une vie plus intéressante. C'est toi-même qui l'as dit. Pip, je te dois des excuses.

Le garçon cligna des yeux, se tortillant sur son banc. Qu'est-ce qui ne tournait pas rond chez miss Watkyns ?

– J'ai affirmé que certaines choses n'existaient pas, reprit la directrice. Je t'ai laissé croire que c'étaient des histoires…

– Les beleuils, l'interrompit Pip. Et les sorcières…

Devait-il lui avouer qu'il connaissait son secret ?

– Depuis le début, vous saviez que c'était réel, poursuivit-il.

– Je suis désolée. Je voulais vous protéger. Je pensais que ce que vous ignoriez – ce en quoi vous ne croyiez pas – ne pouvait pas vous faire de mal. Je me trompais. Occulter les choses et faire comme si de rien n'était est vain. Il faut les affronter, avec courage. C'est vous qui me l'avez appris : Flora, Gorbo et toi. Comme vous avez appris aux Snergs et aux Varechs qu'il fallait connaître ses voisins avant de les croire bourrés de défauts. Tout ça a bien plus de valeur que de savoir quelle est la capitale de la Belgique. Tu le diras à M. Gribblestone de ma part.

– Oh…

Pip se sentit rougir. Il envisageait de demander si elle ne verrait pas d'inconvénient à le répéter elle-même à M. Gribblestone quand une balle de cricket jaillit par la fenêtre ouverte. Elle manqua d'un cheveu la tête de la directrice, dérangea le chat et atterrit aux pieds de Pip dans un *chtonk !*

– Oh, Golithos ! s'exclamèrent plusieurs voix de concert.

Miss Watkyns soupira.

– Golithos…, murmura-t-elle. Évidemment.

Avec ses longs bras et ses longues jambes, l'ogre s'était révélé un joueur efficace, une fois les règles assimilées. Tout le monde le réclamait dans son équipe.

– Ce lieu est-il vraiment le meilleur endroit pour lui ? s'interrogea miss Watkyns. En présence de tous ces enfants…

– C'est bon, la rassura Pip. Ne vous en faites pas. Depuis qu'il a découvert la crème anglaise, il a complètement oublié son appétit pour les enfants.

Il se pencha pour ramasser la balle de cricket… et se pétrifia. Celle-ci roulait toute seule. Elle fit un écart, s'éleva dans les airs, plana un instant avant de se propulser de nouveau par la fenêtre et d'atterrir dans un *paf!* sur la batte de Golithos. Pip observa miss Watkyns. Toujours assise, très calme, elle caressait le chat noir. Pip ouvrit la bouche puis la referma. Parfois, mieux valait se taire : parler n'aurait rien apporté de plus.

Miss Watkyns repoussa son fauteuil et alla à la fenêtre regarder les équipes de cricket, en contrebas : personne ne pipait mot dcpuis le retour de la balle.

– Flora ! appela la directrice. Veux-tu bien monter, s'il te plaît ? J'ai quelque chose à te dire.

Rouge et essoufflée, Flora apparut, Tiger sur ses talons. Un bref coup d'œil au chat, et le chiot se précipita vers le bureau comme un boulet de canon à fourrure. Miss Watkyns le fixa dans les yeux en haussant les sourcils. Aussitôt, Tiger s'aplatit au sol, la queue entre les pattes.

– Nous avons peu de règles à Sunny Bay, déclara la directrice à l'intention du chiot. Mais certaines doivent perdurer. Parmi elles, les bonnes manières envers les chats sont obligatoires, à toute heure du jour et de la nuit. Sois gentil de t'en souvenir.

Alors que l'animal, penaud, allait se cacher derrière les jambes de Flora, miss Watkyns observa les enfants.

– Ceci est pour vous deux, annonça-t-elle. De la part des Snergs.

Elle poussa quelque chose sur le bureau.

– Oh ! s'exclama Pip. C'est…

– … un biscuit de la reine, termina Flora à sa place.

Miss Watkyns approuva d'un hochement de tête.

– C'est une invitation. Peut-être que Pip voudrait la lire.

Le garçon se leva. Il prit le biscuit entre ses doigts. Il était léger et friable, avec un message joliment tracé en glaçage royal. Délicatement, pour ne pas le casser, le garçon le posa par terre avant de lui tourner le dos. Puis il passa sa tête entre ses jambes. Les orphelins de Sunny Bay avaient été prompts à adopter la technique de Gorbo lorsqu'il s'agissait de déchiffrer des mots difficiles. Face à une salle pleine d'enfants la tête à l'envers, M. Gribblestone avait abandonné l'idée de les faire cesser.

– C'est de l'exercice physique, en quelque sorte, avait-il dit à miss Scadging pour justifier ce relâchement disciplinaire. De plus, on sait qu'un afflux sanguin à la tête, c'est bon pour le cerveau.

Pip entendit le sang battre à ses oreilles tandis que, grimaçant, il déchiffrait les lettres en glaçage. Il n'eut aucun mal à distinguer son nom et celui de Flora, ainsi que le mot « reine ». Pour le reste, il devina :

– Sa Majesté Mercy, reine des Snergs…

Il n'alla pas plus loin. Tiger, qui avait la mémoire courte, avait déjà oublié les avertissements de miss Watkyns. La truffe frémissante, il bondit. En une poignée de secondes, il ne resta plus rien de l'invitation royale, hormis quelques miettes.

– Oh, Tiger ! s'emportèrent d'une même voix Pip et Flora, horrifiés.

– Manger entre les repas, déclara miss Watkyns, c'est…

– Interdit par le règlement ? suggéra Flora.

– Disons que ce n'est pas encouragé, nuança la directrice. Je suppose qu'il ne tardera pas à tout vomir.

– Même s'il vomit, on ne pourra pas lire ce qui était écrit, déplora Pip, chagriné.

– Tout n'est pas perdu, le rassura la directrice. Je sais ce que le message disait. Vous êtes invités à la fête de la reine. Gorbo se verra décerner la Noix de muscade culottée de la Bravoure – bien que malencontreuse – et de la Loyauté envers ses amis. Le roi Kool l'a adoubé

Chevalier erratique honoraire : sir Gorbo le Goinfre. Les Varechs voulaient lui offrir l'équivalent de son poids en ficelle, mais ils n'en ont pas trouvé suffisamment.

– Quand est-ce qu'on y va ? voulut savoir Pip.

– Maintenant, répondit miss Watkyns au moment où un son de corne résonnait. La reine a organisé votre voyage.

Les enfants s'approchèrent de la fenêtre. Dans la lumière dorée du jardin, on avait oublié la partie de cricket. Une foule d'orphelins stupéfaits regardaient une autruche avancer d'un pas régulier entre les sorbiers. Perché sur son dos, Pompo souffla une dernière fois dans sa corne. Derrière lui déambulaient tranquillement non pas un ni deux mais trois ours parfumés à la cannelle. Rebondissant sur le dos de l'un d'entre eux, Gorbo souriait jusqu'aux oreilles.

– Gorbo ! s'enthousiasmèrent Pip et Flora avant de se ruer vers la porte.

La fillette fut la première à l'atteindre. Elle s'immobilisa tout à coup et se retourna vers miss Watkyns.

– Il y a quelque chose… que je voulais vous donner, dit-elle.

Elle mit la main dans sa poche puis la ressortit. Entre ses doigts pendait un collier de perles de corail et un demi-cœur en argent.

– Elle… On me l'a donné. Mais je pense que c'est à vous qu'il revient.

– Merci, Flora.

Lorsque miss Watkyns prit le collier, l'expression de son visage fut difficile à déchiffrer. Elle déverrouilla le meuble de rangement puis la vieille boîte en fer couverte de bernacles – celle dans laquelle, autrefois, deux bébés avaient été rejetés sur une plage.

– Elles ont été très longtemps séparées, poursuivit-elle.

Dans sa paume reposaient les deux moitiés d'un cœur : l'une lustrée et brillante, l'autre verte et terne.

– Personne ne naît entièrement bon ou mauvais, souffla miss Watkyns. Chaque cœur a deux côtés. Ce qui importe, c'est celui qu'on laisse nous gouverner.

Elle referma la boîte. Après l'avoir rangée, elle sourit aux enfants.

– Ne faites pas attendre vos amis, ajouta-t-elle. Il est temps de partir.

– Mais on reviendra, dit Pip, soudain inquiet. Pas vrai ?

– C'est intéressant d'aller ailleurs, renchérit Flora. Mais ici, à Sunny Bay… c'est chez nous.

– Un jour viendra où vous trouverez l'orphelinat trop petit, les avertit miss Watkyns. Comme Heinrich Cornelius, il vous faudra nager en eaux plus profondes.

– Pas tout de suite, tempéra Pip. Dans très longtemps.

– Non, pas tout de suite, confirma miss Watkyns.

Les enfants furent stupéfaits quand elle se pencha pour les enlacer. Elle les serra brièvement contre elle.

– Allez-y, reprit-elle. Allez chevaucher des ours, danser sur les tables et manger du gâteau au clair de lune. Et ensuite, revenez à la maison.

REMERCIEMENTS

Je me méfie des remerciements à rallonge : qui les lit, à part celui ou celle que vous avez justement oublié de remercier ? Malgré tout, je ne me serais jamais aventurée au pays des Snergs sans le concours de certaines personnes.

Ce livre doit son existence à M. Wyke-Smith, qui fut le premier à insuffler la vie aux personnages de Gorbo, Golithos, la veuve Meldrum et miss Watkyns. J'espère sincèrement qu'il m'aurait pardonné les libertés que j'ai prises… et ce que j'ai fait à Baldry.

Ma profonde gratitude à Barry Cunningham et à Rachel Leyshon de Chicken House pour m'avoir fait connaître les Snergs et proposé d'écrire ce texte. Ce fut un privilège. Merci à toute l'équipe de Chicken House, en particulier à Rachel L. et Laura Myers d'avoir su dénouer mes nœuds, et à Elinor Bagenal d'avoir travaillé si dur pour envoyer Gorbo, Pip et Flora dans un monde qui n'était plus accessible.

Je suis redevable à la Society of Authors de m'avoir donné un coup de main dans une période difficile, ainsi qu'aux membres (anciens et actuels) du groupe SCWBI de Southampton pour leur amitié et leur soutien. Je remercie en particulier mon agente, Jenny Savill, pour sa patience, ainsi que Pauline et Tim Ptenki qui m'ont laissée écrire en paix et au calme dans leur charmante maison pendant que ma tortue saccageait leurs parterres de fleurs.

Je ne peux pas omettre de mentionner Jeremy, créateur de robots et détecteur de chauves-souris, qui au fil des ans m'a sauvée d'un certain nombre de beleuils, et qui a involontairement donné aux Snergs leur amour de la ficelle.

Enfin, aux Snergs eux-mêmes : merci. C'était merveilleux.